を拾ったので、
娘にすることにした
My daughter was an unsold slave elf.
遥 透子
illust 松うに

悪人の街 ゼニスにて
「…………」

魔法使いの街 帝都にて
「りりーぱんけきはじめて」
「ぱんけき ふわふわ!」

Characters
無自覚親バカお父さん
ヴァイス
堅物(?)魔法省官僚
ジークリンデ
帝都に憧れる少女
カヤ
元
売れ残りの希少種エルフ
リリィ

売れ残りの奴隷エルフを拾ったので、
娘にすることにした
My daughter was an unsold slave elf.
遥 透子
illust 松うに

My daughter was an unsold slave elf.

CONTENTS

プロローグ　リリィ、繋いだ手のひら

My daughter was an unsold slave elf.

「リリィ、ハンカチは持ったか？　杖《つえ》とローブは？」

「きのうりゅっくにいれた！　はんかちはね、うーんと、えっと…………」

「杖、入ってないぞ？」

「ありゃ…………？　さがしてくる！」

朝日が差し込むリビングを慌ただしく行ったり来たりするリリィを横目で眺めながら、リュックの中を改めていく。

昨晩リリィが自信満々な様子で準備していたリュックだったが、念《ねん》の為《ため》確認してみれば早速杖が入っていなかった。この調子だと他にも忘れ物がありそうだ。

「入学式から恥をかく訳にはいかないからな…………」

長い魔法学校生活を楽しく過ごせるかどうかは、入学式からある程度決まってくる。

周囲にナメられるような事はあってはならない。忘れ物など一番やってはいけない事だ。

「ぱぱ！　つえあった！」

「よし、忘れずにリュックに入れとこうな」

リリィは俺に杖を手渡すと、バタバタと自分の部屋に戻っていく。その背中を眺めながら何とはなしに杖を中空に掲げると、白銀の表面に朝日が反射してキラリと輝いた。

「……………盗まれたりしないよな」

討伐難易度ＳＳＳ級のクリスタル・ドラゴンの角で作られたこの杖は、本来なら専用ケースに入れて持ち運ぶべき――――いや、そもそも普段使いなどするべきではなく、一流魔法具店に非売品として飾られていなければおかしい代物だ。売れば間違いなく帝都の一等地に立派な家が建つ。盗難のターゲットになる可能性は充分あるだろう。

「……………ま、いいか。盗まれたらまた倒してくれれば」

クリスタル・ドラゴンの倒し方は前回で把握した。討伐難易度ＳＳＳ級だか何だか知らないが、その時はまたリリィの杖になって貰《もら》うだけだ。

俺は雑多に中身の詰まったリュックの隙間に雑に杖を差し入れ、リリィの部屋に向かった。中を覗《のぞ》くとリリィは姿見の前でローブを着ている所だった。焦っているのか、エルフ特有の長い耳がぴこぴこと揺れ動いている。

「ひとりできれた！」

くるっと身体《からだ》を反転させてこっちを向きながら、リリィが両手を広げる。

杖と同じくクリスタル・ドラゴンの素材で作られたローブは、今でこそリリィにぴったりだが、きっとすぐに小さくなるだろう。

なんたってリリィは成長期だ。中級生になる頃には、今のローブでは上半身しか隠れないようになっているかもな。いや、そうなっていて欲しいと思う。

「リリィ、学校に行く準備は出来たか？」

「おー！」

――――かつて奴隷だったリリィ。

けれど、この世の全てに絶望していたあの頃のリリィはもういない。これから沢山の幸せがリリィを待っている。

「りりー、がっこーたのしみ！」

リリィが走り出す。ぱんぱんに膨らんだリュックをよろけながら何とか背負って、笑顔を咲かせた。

「ぱぱ、はやくいこ！」

「ああ――――リリィ！」

ソファの上に帽子が載っているのに気が付き、慌ててリリィを呼び止める。玄関へ続くドアからひょこっと顔を覗かせた。

「帽子。忘れてるぞ」

「！　ほんとだ」

頭に手を当てて驚きの声をあげるリリィ。そっと帽子を被《かぶ》せてやると、リリィはにへらっと笑って手を伸ばしてくる。

差し出された小さな手のひらをしっかりと握り、俺達は明るいお日様の中へと歩き出した。

第一章　ヴァイス、売れ残りのエルフを拾う

My daughter was
an unsold slave elf.

俺とリリィは、およそ考え得る最悪の形で出会った。ゼニスという名の地獄での事だ。

——悪人の街、ゼニス。

それはこの世に存在するどんな地図にも載っていない、幻の街。

帝都ではたった一人が亡くなるだけで翌日の朝刊を賑《にぎ》わせるが、この街では昨日飲み屋で会った奴が今日生きている保証はない。人の生き死になど文字通り日常茶飯事で、誰かが息をする間に陰で誰かが死んでいる。

そんなこの街が何故《なぜ》無くならないのか。それはこの世に悪人が多すぎるからだ。今日も誰かがゼニスの門扉を叩《たた》く。くだらない話さ。

そんなこの世で最も地獄に近い街ゼニスでは、奴隷商売も盛んに行われている。

帝都ではバレたら一発死刑の奴隷商売もゼニスではポピュラーな商いだ。それこそ果物でも売るかのような気軽さで堂々と大通りに並んでいる。

親が殺されたか、親も奴隷になったか、それとも親なんて最初からいないのか。

幸せの形は数少ないが、不幸の形は人それぞれ。色とりどりの絶望を瞳に湛《たた》えた奴隷達が、首を

鎖で繋《つな》がれ石畳の通りに並んでいるその姿は、もしかしたら一見《いちげん》さんには異様に映るかもしれない。助けてやれと思うかもしれない。

だが、俺は何も感じない。何故なら俺もまた、この街ゼニスの住人だからだ。

「…………あン？」

そんな訳で俺はいつも通り「何か面白い事でも転がってないかねえ」と視線を彷徨《さまよ》わせながら、通りを当てどなく歩いていた。路地裏の方に視線を向ければ、盗みがバレたらしい八歳ほどのガキが筋骨隆々のスキンヘッドにとっ捕まって半殺し――――いや、あれは死ぬな。拳が深々と腹に突き刺さっている――――全殺しになっていた。ゼニスでは極々日常的な風景で、わざわざ気に留《と》めるまでもない。

俺が声をあげたのはそんなどうでもいい事に対してではなく、少し向こうの路上で店を広げている顔見知りの奴隷商人ゲスのラインアップに対してだ。

「…………待て、ありゃもしかしてハイエルフか？　嘘《うそ》だろ、どうしてゼニスでハイエルフが売られてるんだよ。そもそも実在してたのか!?」

――――ハイエルフ。

それはかつて存在したとされる、エルフの上位種。その存在は一般には知られておらず高位の魔法歴史書にその特徴のみが記されている、言わばおとぎ話の登場人物。遥《はる》か昔に絶滅したとされるその種族はこの世のありとあらゆる魔法を行使出来たらしい。

とはいえ書物の中にしかその存在を確認出来ないハイエルフなんぞに興味を持つ学者は少なく

「へえ、凄《すご》いね」と読み飛ばされるのがお約束になっている。

そんなハイエルフの特徴は大きく分けて二つ。

まず一つ目は髪だ。通常緑色の髪を持つエルフとは違い、ハイエルフは美しい水色の髪を持つらしい。

そして二つ目に、耳の角度。エルフの耳は真横に伸びるがハイエルフは斜め上に伸びる。昔帝都で読んだ古い魔法書に図で説明されていた。当時は「こんな役に立たん知識に図でスペース使うなよ」と不満を持ったものだが、今だけはその事に感謝した。

近寄りながら観察すると、ハイエルフの周りには鍵の解かれた鎖が数本転がっていた。恐らく朝にはもっと沢山の奴隷が繋がれていたんだろう。どういう訳だか知らないが、四、五歳ほどと思《おぼ》しきこのハイエルフは現在進行形で売れ残っているらしい。この世に存在するどんなエルフより価値があるはずなんだがな。

「――――ようゲス。今日は随分子沢山だったみたいだな。どうしたんだよ一体？」

こちらの意思を気取られぬよう、あえて軽く声を掛けると、ゲスはその醜い顔を俺の方に向けた。

ボロ布一枚身に纏《まと》っただけのハイエルフは俺に反応することなく、ぼーっと虚空を見つめている。

「…………おお、ヴァイスのアニキじゃねえですかい！　こんな昼間から一体どうしてこんなところに？」

ゲスとは何度か酒場で酒を飲み交わした仲だった。俺はこの街ではちょっとした有名人で、兄貴と慕ってくる者も多い。ゲスもその中の一人だ。

「ただの散歩だ。それより今日は随分熱心に労働に励んでるみたいだな」

地面に転がっている空の鎖をつま先で小突く。数えてみると、ゲスは既に四人の奴隷を新たな地獄へ斡旋《あっせん》したらしい。

「これ、全部売ったのか？」

奴隷というのは武器や果物と違いそんなポンポン売れるものでもない。日に一人でも売れたら上々という商売だ。衰弱死してしまわないように最低限の食事を与えなければいけないし、夜間の置き場の問題もある。五人も扱うのは非効率的なのだ。そんな事を本職のゲスが分かっていないはずはない。

聞いてくださいよアニキ、とゲスは笑い、その黄ばんだ汚い歯を剥《む》き出《だ》しにした。

「この前、丘の上にある館の住人が皆殺しにされた事件があったじゃないですか」

「あったな」

勿論《もちろん》覚えている――――犯人は俺だからだ。

あの貴族は上っ面こそ上等だが、陰では人身売買の元締めをしていた。それ自体はゼニスじゃ珍しい話じゃない。この街に住んでる奴は、誰しも人様に見せられない裏の顔を持っている。

だからこれはバチが当たったとかそういう事ではなく、ただ単に奴の運が悪かったというだけの話。

――――奴がいつものように攫《さら》った若いエルフが、偶然俺の知り合いの知り合いだった。たったそれだけの不運で奴は死んだ。

悪人の街、ゼニスに法はない。

一方的な暴力と理不尽な死によって、何とかこの街は形を保っている。

「実はね…………あの館の地下に、奴隷を飼う為の牢《ろう》があったんですよ。そこにはもう大量の奴隷がいたんですわ」

「…………そうだったのか」

地下牢の存在には気が付かなかったが、俺は殺しが目的だったからまあ仕方ないだろう。もし気が付いていればこいつらが奴隷になることはなかったのに…………といった後悔はない。俺は驚きを自分の中に閉じ込めた。

「盗みに入った火事場泥棒の類がそれに気が付きましてね、でもそんな大量の奴隷、個人じゃどうする事も出来ない。それで数人の奴隷商人でその奴隷達を分け合ったんですわ」

「…………それが、これか」

地面に転がっている空の鎖、そして唯一売れ残っているハイエルフに視線を落とす。

「朝から店を広げて何とか四つは売れたんですがね、やっぱり厄モノが残っちまった」

そう言うとゲスはハイエルフに視線を向けた。ゴミを見るようなその目付きは、少なくともエルフの少女に向けるようなものではないが、奴隷商人のゲスにとってこいつはただの商品でしかない。

「綺麗《きれい》なエルフのガキなら引き取り手に苦労もしないんですけどね、こいつぁダメだ。髪もおかしな色だし、耳も変形しちまってる。おおかた館の主の嗜虐《しぎゃく》趣味か、実験にでも使われてたんでしょう」

ゲスは的外れな推測をペラペラと喋《しゃべ》り出す。生まれた時から地面を這《は》いずって生きてきたようなこいつが、ハイエルフの存在など知っているはずもなかった。

「で、どうするんだこいつ」

俺は顎をしゃくって、ハイエルフの子を示した。さあねえ、とゲスは大きく息を吐いた。

「売れなきゃ、その辺にでも捨てるつもりですわ。野犬の餌にでもなるでしょうよ。ま、こいつにとっちゃそっちのが幸せかもしれないですな」

カカカ、とゲスは大きく笑った。何が面白いのか全く分からなかったので、合わせて笑う事はしなかった。

そろそろ本題に入ることにしよう。

「――――こいつ、いくらなんだ？」

「…………は？　買う気なんですかいアニキ？」

ゲスは眉を上げ、不格好な細い目を僅かに大きくした。

「それは値段次第だな」

たとえ一千万ゼニーでも買うつもりだったが、そんな事を言えば無限に吊《つ》り上《あ》げられるに決まっている。知り合い相手でも商売は全力なのがゼニスイズムだ。

「いやァ…………悪いことは言わねえ、マトモな奴にしといた方がいいですよ。曰《いわ》く付《つ》きの奴なんてわざわざ買うもんじゃねぇ。アニキの為ならエルフのガキの一人や二人、すぐに準備しますんで」

何をトチ狂ったのか、ゲスは自分から商売のチャンスを逃すような事を言い出した。その優しさを奴隷から求められても一度も与える事をしなかった奴が、どういう風の吹き回しだろうか。

「…………俺はな、前々からお前の商いに協力したいと思ってたんだよ。その売れ残ったエルフ、俺が引き取ってやる」

百パーセント嘘で構成された俺の薄っぺらいセリフに、けれどゲスは瞳に涙を滲《にじ》ませた。

「ア、アニキ…………このゲス、感動いたしやした！　そういう事なら是非、引き取ってくれるとありがたいす！」

ゲスは座ったまま、深々と頭を下げた。

「で、いくらなんだ」

そんなゲスには目もくれずハイエルフの少女を眺めながら訊《き》くと、そうっすねえと間延びしたゲスの声が聞こえてくる。

「普通のエルフのガキなら大体三百ゼニーで売ってるんで…………まあ状態とか考えて二百五十…………いや、アニキなら二百三十でどうですかい？」

「二百三十か…………」

帝都なら一般家庭の一日の食費未満だな。片やゼニスではそんな端金《はしたがね》で命が売買される。とても同じ世界とは思えないが、これが現実だ。

「構わない、三百出すよ」

俺はポケットから銅貨を三枚取り出し、ハイエルフの傍《そば》に投げた。ハイエルフはピクリとも反応しない。もう、何もかもを諦めているようだった。

「アニキ………本当に助かります！　やっぱりアニキは最高の男っすわ…………」

「あまり持ち上げるな。さっさと鎖を外してくれ」

「ああ、ちょっと待ってくださいね」

ゲスは鍵束から一つの鍵を探し出すと、ハイエルフの首元に当てがった。がしゃん、と重たい音と共に鎖が地面に落ちる。助かったというのにハイエルフの少女は俯《うつむ》いたまま何の反応もない。自分に何が起こっているのか、全く分かっていないんだろう。

「ほれ、行くぞ」

俺は少女の手を取って無理やり立たせると、ゲスに背を向けて歩き出す。ハイエルフの少女は俺の手を握り返すこともせず、ただされるがままだった。

まいどありーというゲスの不愉快な声が、いつまでも大通りにこだましていた。

第二章 ヴァイス、初めての育児

My daughter was an unsold slave elf.

初めての子育ては、一寸先も見通せない真っ暗な草原を何の頼りもなく進む事に似ていた。

なにせこれまでの人生で培ってきたあらゆる知識や経験が全く役に立たないんだ。はっきり言って俺は困り果てた。思い付きの行動だったから何の準備もしてなかったし、この元奴隷の少女には普通の子育てとはまた違う難しさが付き纏ってもいたからだ。俺は俺なりのやり方で目の前の問題に対処していくしかなかった。

ああ、こう言うとあいつを拾った事を後悔してるように聞こえるかもしれないが、けれど全くそんな事はない。寧《むし》ろ、その逆だ。今では毎日元気いっぱいなあいつを見れば、これまでの苦難の数々も何だか誇らしく感じられる。

それに――悪いことばかりじゃなかったしな。

ちょっと普通とは違った子育てかもしれないが、何だかんだ俺はあの手探りな日々を楽しんでいたんだと思う。

そんな俺の苦労を、喜びを、ちょっと聞いてくれるかい。

初日から俺は頭を悩ませた。

流石《さすが》に奴隷として俺の世話をさせる訳にもいかない。そんなのは可哀想《かわいそう》だろう。別に赤の他人がどうなっても構わないが、身の回りでそういうのが起こるのは嫌だった。それが俺の善悪の基準。世界の全てを幸せにすることなど、一人の人間には出来やしないんだ。

だから、とりあえずこの売れ残りエルフを自分の娘にすることに決めた。

決めた…………が、そこで気が付いた。この子には名前がないのだ。いや、今はリリィという名前があるんだが、当時はなかった。適当な名前を付けようと思ったが…………そう言われると思いつかない。

アイゼン、ジョセフィーヌ、モンブラン…………あらゆる名前を口に出しては、違うなと首を捻《ひね》る。

…………そんな時、俺に電撃が走った。完璧な案が頭に浮かんだんだ。

――――この子が初めて喋った言葉を名前にしよう、と。

それから俺はリリィに言葉を教えることにした。当時のリリィは文字の読み書きはおろか、俺の話す言葉を理解することすら出来ない有様《ありさま》だった。人間もエルフも同じ言語を操るが、言葉を話せない様子を見るに、リリィは物心つく前から奴隷だったのだろう。エルフは人間より頭が良く、人間より遥かに早く言語を習得するはずだからだ。

…………が、だ。

そもそも、その前にやることがあった。まずはこの死んでいるリリィの心を元に戻してやらなければならない。いきなり知らない男が目の前にやってきて、今から俺がお前の父親だと言っているのに、怖がりもしなければ拒否もしない。そんなのは正常な少女の姿ではないだろう。

――――この少女を、人並みに戻してやらなければならなかった。

初めに言っておくと、俺は子育ての経験もなければ奴隷を真人間に戻す方法を帝都で習った訳でもない。まだ歳《とし》は二十八だし、出来る事といえば破壊と殺戮《さつりく》、それと気まぐれに誰かを助けることくらい。そんな俺にリリィを普通に戻すことが出来るのか、はっきり言って自信は全くなかった。

「…………あー、えーっと…………おれ、おまえの、ぱぱ。おーけー？」

「…………」

「おれ」で俺を指差し「おまえ」でリリィを指差す。そんな俺の完璧なコミュニケーションを、リリィは無視という最高の方法で迎え撃ってきた。

「おーい？」

ひらひら、とリリィの前で手を振ってみる。リリィは何の反応もしない。ただ、ぼーっと虚空を見つめるばかり。

「…………どうすりゃいいんだよこれ」

俺の育児計画は、早くも頓挫してしまった。これならまだ思いっきり反抗された方が何倍もマシだった。

「はあ…………まあいっか。そのうち仲良くなれるだろ。とりあえず風呂だ風呂。よく嗅ぎゃこいつ、超くせえし」

まあ当たり前といえば当たり前なんだが、引き取った初日のリリィはめちゃくちゃ臭かった。このままでは俺の家がヤバい匂いで侵されてしまう。俺は服を脱ぐと、リリィが身に纏っていた（着ていた、と言えるほどまともなものではなかった）布をむしり取った。意外にも、その華奢《きゃしゃ》な身体に目立つ傷はなかった。

そのままリリィの手を引いて風呂場に直行する。

水魔法と火魔法を使って瞬時に浴槽にお湯を張り、リリィを風呂椅子に座らせる。背中側に回ると、水色の長い髪が俺の視界いっぱいに広がった。これは洗うのに苦労しそうだ。

「あったかいのがいくぞー」

湯船から桶《おけ》でお湯を掬《すく》って、思いっきりリリィに浴びせる。何度も、何度も、それを繰り返す。

「ははは」

長い髪がぺちゃーっと張り付き、まるでお化けみたいになった。それが面白くて思わず声が漏れた。

「わしわしするぞー」

女性の髪は大切に扱えというが、リリィの髪はそれどころじゃなかった。ゴミだかホコリだか分からないものが沢山付着している。俺は石鹸《せっけん》を両手で泡立てると、思い切りリリィの頭をごしごしした。

恐らく石鹸で身体を洗うのは初めてだったんだろう、リリィは石鹸が目に染みたのか、いつの間にか目を閉じていた。思えばこれが、リリィが俺の前で見せた最初の意思表示だったかもしれない。

長い、長い時間を掛けリリィの髪を洗い終えた俺は、次に身体を洗う事にした。少女の身体を洗うのは初めてだが、特に躊躇《ためら》いはない。女性の裸など見慣れている。勝手の違う耳に少し苦戦したくらいで、身体はすぐに洗い終わった。

「どぼーんするぞー」

あわあわお化けになったリリィをお湯で洗い流すと、俺はリリィを湯船にぶち込んだ。リリィは相変わらず無反応のまま、恐らく人生初めての湯船を味わっていたが……石鹸で洗ったからだろうか、さっきより少しだけ輝いて見えた。

自分の身体を素早く洗い、俺は湯船にダイブした。いくらリリィが子供だとはいえ二人で入ると湯船は少し窮屈だったが、まあ悪くない気分だった。

リリィは俺の方を向いてはいるが、俺を見ていないのは明らかだった。きっと何も見ていないんだろう。

「なあ、おい。これからよろしくな」

俺はリリィの頭を撫《な》でてみた。加減が分からず少し乱暴になってしまったかもしれないが、リリィは何の反応も返さないのでそれは分からなかった。リリィの小さい頭を撫でてみると……なるほど、確かに子供は可愛《かわい》いなと思った。今まで『子を庇《かば》って命を落とす親』というものの気持ちがイマイチ分からなかったが、今は少し分かる気がした。少しだけな。

リリィを抱っこして風呂から出た俺は、風魔法で身体を乾かし、服を着せ――――る服がない事に気が付いた。

折角綺麗にしたのに、またあのボロ布を着せては意味がない。とはいえ少女の服など持っている訳もない。ゼニスにも勿論真っ当な服屋はあるが、時間が悪かった。既に空は黒く染まっている。ゼニスでは真っ当な店ほど早く閉まるのが常識だった。

「困ったな…………裸のままって訳にもいかねえし」

正直言えば、家の中であれば裸でも問題はない。当分の間リリィを外に出すつもりはなかったし。だけど…………流石にな？

犯罪臭が凄い。奴隷を買っている時点で犯罪だろ、という意見もあると思うがここは帝都ではなくゼニスである。善悪は自分で決められるのがこの街のいい所だ。

「…………とりあえず、適当な布でも巻いとくか」

俺は棚からいい感じの布を取り出し、リリィの胴に巻いた。何の為に買った布なのかは思い出せないが、意外にもそれはリリィにジャストフィットしていた。三周ほど巻いた所で布は途切れ、丁度胸から膝までをカバーする事に成功した。まだ「着ている」とは言い難い有様ではあったが、さっきのボロ布に比べればだいぶマシだと言える。

「…………とりあえずこれでいいか…………なんかどっと疲れたな…………」

慣れない事をしたからだろう、心地よい疲労が俺を襲っていた。

「メシ食ってねえけど…………いいか。もう今日は寝ちまおう」

俺はリリィを抱きかかえると、寝室に移動した。一人用のベッドだが、リリィが小さいお陰で二人並んでも落ちることはなかった。

「今日からこのふかふかで寝るからなー」

枕を少しリリィ側に出してやり、その小さな頭を枕の端っこに載せる。リリィの頭がずり落ちない事を確認して、俺は目を閉じた。

初日は、そんな感じだった。


二日目の朝。

「…………マジか」

結論から言うと、リリィはおねしょしていた。

…………まあ、うん。これは俺が悪いんだろう。寝る前にトイレに連れて行くべきだった。意思表示がないからついその事を失念していたんだ。

汚れた布団と衣類を魔法で急速洗濯し、汚れた身体を風呂場で洗い流し、また適当な布でリリィを巻いた後、俺は外に出ることにした。

――――そう、リリィの服を手に入れなければならない。

俺は大通りに出ると、ゼニスで唯一と言っていいまともな女性服屋を目指した。無論店に入った事はないが、店主のホロは知り合いだった。ホロをゼニスに連れて来たのは他でもない俺だからだ。

ホロは出身であるエルフの国で少しばかり厄介な事情を抱えていて、国を出たがっていた。丁度エルフの国を旅していた俺は偶然ホロと出会い、意気投合し、決して足がつく事のないゼニスにやってきた。

それ以来俺もこの街を気に入り、こうして住み着いている。数年前の話だ。

「――――ホロ、邪魔するぞ」

木製のドアを開けると、カランカランと洒落《しゃれ》た音のベルが鳴った。その音に釣られて奥の方からホロが顔を出す。

「いらっしゃ――――ってヴァイスじゃない。え、どうしたのよ。私に何か用？」

ホロは客が俺だと気付くや、早口に捲《まく》し立《た》てた。その口振りから察するに、どうやら俺の事を客だとは思っていないようだった。その思考は正しいが、間違っている。

「服を買いに来ただけだ」

「ええっ!? 何、アンタ、誰か攫ったわけ!?」

「攫ってねえよ。失礼な奴だな…………買ったんだよ、奴隷を。ゲスの奴から」

嘘でしょ、とホロは目を見開いた。

「ヴァイス、アンタそんな人手に困ってたの？ それとも少女趣味？ 流石に、嗜虐趣味があるとは思ってないけど」

「どっちでもねえ、ただの気まぐれだ。とにかく、服がないんだよ。詳しくないから一式見繕ってくれると助かるんだが」

俺はカウンターまで歩み寄り、白貨を五枚ほど置いた。五十万ゼニーあれば恐らくまともなものを着せてやれるだろう。

「これで、いい感じに頼む」

軽く頭を下げる俺を、ホロは口をへの字にして眺めていた。

「いやいや…………アンタ、ウチの商品全部買い取るつもり？」

「…………なに？　女の服って、そんな安いのか」

男の物に比べて装飾が多かったり複雑なつくりだったりするから、比べ物にならないくらい高価なんだと思っていたんだが。

「流石に服買うのに白貨はないでしょーよ。金貨が五枚もあれば全身一式どころか二式も三式も用意出来るわよ」

「そうだったのか。イマイチ相場が分かってなくてな。手持ちが白貨しかないからこれでいい感じに用意してくれ。余りは手間賃ってことで構わない」

俺はカウンターに白貨を一枚残し、残りをポケットに引いた。ホロは遠慮した様子で白貨に目を向けていたが、俺に引く気がないのを悟るや、ため息を一つついてそれを袋の中に収めた。

「出会った時から、アンタの事だけはよく分からないわ…………それで、その子はどんな子なの？　ウチに来るってことは女性ではあるんでしょうけど」

「エルフの少女だ」

「歳は？」

「分からん。これくらいだ」

俺は手を水平にして、大体の身長を伝えた。

「なるほどね。分かった、用意するからアンタはぶらぶらしてなさい。今晩、家に届けてあげるわよ」

「いいのか？」

「量もかなり多くなるから、すぐには出せないもの。察するに今日中に欲しいんでしょ？」

「まあそうだな」

察しが良くて大変助かる。

「配達料はサービスってことにしとくわ。沢山用意するつもりだけど、それでも白貨の半分くらいにしかならないと思うから」

「そうか、悪いな」

ホロの出自を考えれば白貨くらいなんてことないはずだが、妙に金銭感覚が庶民的な奴だ。

「どっちのセリフよそれ。じゃ、また夜にね」

そう言うとホロは店先のプレートを閉店に変え、慌ただしく店内をうろちょろしだした。どうにも俺が邪魔そうだったので、俺は逃げるように店を後にした。

◆

「ヴァイスー、ホロだけどー？」

「ああ、今開ける」

ドアを開けると、大の男が入れそうなドデカい袋を担いだホロが立っていた。

「それが？」

目線で袋を示すと、ホロが頷《うなず》いた。

「そ。入っていいかしら？　サイズ合わないものは持って帰るから」

「ああ、構わない」

そういえば家に他人を上げるのは初めての事だった。片付けておけば良かったか、と今更少し後悔するも既に遅い。

「お邪魔しまーす」

ホロはズカズカと上がり込むと、リビングで椅子に座らせていたリリィを見つけ、やかましい声を出した。

「いやーーーん、かわいいー!!!!　確かにねえ、これはヴァイスが少女趣味になるのも頷けるわ…………」

「勝手に少女趣味にすんな」

ホロは我慢出来ない、というようにリリィに纏わりつくと、ジロジロとイヤらしい目付きで観察しだした。

「————この子、ちょっと変わってるわね。エルフって普通は緑髪じゃない。耳も上向きだしさ」

「そうなんだよ。珍しくてついつい買っちまったんだ」

リリィの頭を撫でながらホロが呟《つぶや》く。

エルフの国の中でも特別な立場だったホロならもしかしてハイエルフの特徴を知ってるんじゃないかとも思ったが、どうやら思い過ごしだったらしい。絶滅したと伝えられるハイエルフが、実はエルフの国で細々と生き永らえていたという事もないようだ。

ホロはリリィに巻いていた布を訝《いぶか》しげに見つめると、ちらっと捲《めく》った。

「うげ……………アンタ、何なのよこの布。下裸じゃない！」

「仕方ねえだろ、服がなかったんだから。事情を理解したなら早くそいつに服を着せてやってくれ」

「………………ったく仕方ないわね。アンタはどっかに引っ込んでなさいよ」

「へいへい」

ホロのお許しが出るまでの間、俺は寝室に缶詰になった。隣の部屋からは時折「いやー！」だの「かわいいー！」だのやかましい声が聞こえてくる。もしかしたらリリィの声が混じっているかも、と耳を澄ませていたのだが、残念ながら全てホロの嬌声《きょうせい》だった。

「ヴァイスー？　入ってきていいわよー？」

どれほどの時間が経《た》っただろうか、ホロに呼ばれ俺はリビングに足を踏み入れた。

そこには――――

「――――おお」

「どう？　可愛いでしょ！」

「…………ああ。これは…………想像以上だ」

――――フリフリにフリフリを重ね合わせたような綺麗なドレスを着たリリィが座っていた。無表情でなければ、どこぞのお嬢様だと勘違いしたことだろう。

「…………ふふ、やっぱり少女趣味じゃない」

「違う。だが礼を言わせてくれ。ありがとなホロ」

「どういたしまして。それじゃ、私は帰ろうかな。袋の中に色々入ってるから、あとで確認してね。着せ方とか洗い方が分からなかったらいつでも訊いて頂戴」

「…………すまんな、何から何まで」

「それだけのお代は貰ってるから。それに、アンタがエルフの少女を育てるなんて面白いもの。出来る限りの協力はするつもりよ」

そう言うとホロは帰っていった。

リビングには俺と、お姫様みたいな格好をしたリリィが残された。

二日目は、そんな感じだった。


三日目。

全てを諦めていた奴隷のエルフも、この辺りでようやく異変に気が付いたらしい。

…………あれ、何かいつもと違うぞ――――と。

その兆候は、小さな手に現れていた。

「…………お？」

朝起きると、その事にすぐ気が付いた。

俺とリリィは一つのベッドでくっついて寝ているからだ。俺は隣で眠るリリィの姿を見て、口の端を吊り上げた。

――――なんと、リリィが俺のシャツを摑《つか》んでいるではないか。片手の親指を口に、もう片方の手で小さく俺の服をつまんでいる。わざとかどうかは分からないが、少なくとも警戒している相手にはそんな事をしないだろう。少しは俺に気を許してくれたのかもしれない。

「……………今日はいい一日になりそうだな」

どこから手を付けたらいいか分からなかったリリィ育成計画も、何とかなりそうな気がしてきた。リリィの心には少しずつ血が通い始めている。それが分かれば、あとは突っ走るだけだ。

俺はリリィが目覚めるまでの間、頬が緩むのを自覚しながらその寝顔を見つめていた。

――――これでリリィが俺に対して前向きになってくれれば良かったのだが、育児というのはそう甘くはなかった。

「おれの、なまえ、ヴァイス。わかるか？」

「…………」

「あなたの、おなまえ、おしえて？」

「…………」

「…………ダメか」

座らせたリリィの前にしゃがんで目線を合わせ、出来る限り優しい声で話しかけてみたものの、リリィは相変わらずの無反応を貫いている。まあダメだろうとは思っていたが、他にどうすればいいのかも分からなかった。

だってよ、ちびっ子に言葉を教えるのとは訳が違うんだよ。理解出来る奴の知識を増やすのと、理解出来ない奴を理解出来るようにするのとでは全く違うだろ。

「まずはこの無反応を何とかしないとな………」

問題を切り分けて考えよう。まずはこの無反応だ。無反応を解消した先に言語学習があり、そしてその先にリリィの名前がある。

改めて説明すると、今はリリィという立派な名前があるんだが当時はまだなかった。俺はこの子が初めて喋った言葉を名前にしようと思っていて、今はその第一段階、コミュニケーションを取る所で躓《つまず》いている。

「………ったってなあ………」

無反応を解消するって………一体どうすればいいんだ？

そもそもどうしてリリィは無反応なんだ？

リリィの心は今、どういう感じになっている？

ガキのことなんか何一つ分からなかった。俺は大人だからだ。だが俺にもガキだった頃はある。その頃の記憶を掘り起こすことで、何かヒントが得られるかもしれない。俺はしばし記憶の海を泳ぐことにした。

――――ゼニスの大半の奴らとは違い、俺は極々一般的な家庭に生まれ育った。帝都生まれ帝都育ち。親の愛情も人並みには受けてきたはずだ。もう十年は会っていないが、変わらず帝都に住んでいるであろう両親は、学校を卒業してすぐ帝都を飛び出した俺を今も心配しているに違いない。それについては申し訳なく思っている。

……………だけど仕方ないんだよ。教師の奴ら、揃《そろ》いも揃って俺に魔法省の幹部になれって言うんだぜ？

何でも俺は帝都の歴史上でも類を見ない天才魔法使いらしく、そんな俺を大人達は放っておかなかった。だから俺は帝都を飛び出して、世界を放浪した後、今はこうして悪人の街ゼニスに根を張っている。基本的に全てが終わっているゼニスの情報は外に漏れにくく、俺には都合が良かったって訳だ。帝都はまだ俺を魔法省にぶち込むのを諦めてないって話だからな。

そうそう、魔法省といえば俺の同級生が魔法省長官補佐にまで上り詰めているらしい。魔法省の長い歴史でも類を見ないスピード出世だそうだ。俺は学生時代友人には困らない方だったんだが、思えばあいつと一緒にいる時間が最も長かった気がする。

冗談の通じない堅物ではあるんだが、一緒にいると妙に居心地が良かったんだよな。クラスの奴らはあいつの事を「陰気臭い」と遠巻きにしてたが、実は見てくれも悪くなかった。あの野暮ったい眼鏡さえやめてりゃ人気者になっていたかもしれない。

……………話が逸《そ》れた。大事なのはもっと昔の話だ。

とはいえ、ガキの頃の記憶なんか殆《ほとん》ど残ってなかった。帝都を飛び出してからの十年間の出来事があまりにも濃すぎて、帝都に住んでいた時の思い出はどんどん記憶の彼方《かなた》へ押しやられてしまっていた。覚えていることといえば親父《おやじ》の背中のデカさとか、母親に抱っこされた時の安心感とか、そういう抽象的なものばかりだ。勿論、どうやって言葉を覚えたかも記憶にない。

　まあだが、大抵の奴がそんなもんじゃないのかなとも思う。小さい頃の出来事を鮮明に覚えてる奴がいたら、それはそれで怖いだろ。逆に、そんな記憶に残るような出来事がなかったことが一番の幸福と言えるかもしれない。

　ゼニスには幼少期の恐怖や憎しみを、今も抱えて生きている奴が大勢いる。

「………出かけるか」

　どうやら俺の記憶の中には正解はないらしい。それなら他の誰かに訊くしかないだろう。そういえば昨日ホロが「何でも訊いて」と言っていたような気もする。申し訳ないが早速頼らせて貰うとするか。

「少し出かけてくる。すぐ帰ってくるからいい子にしてろよ」

　変わらずぼーっと椅子に座って虚空を見つめているリリィの頭を撫で、俺はホロの店へと向かった。


「邪魔するぞ」

　ホロの店は相変わらず閑散としていた。いや、相変わらずなのかは分からないが、少なくとも昨日今日と客の姿は見当たらない。この男根主義の極みのようなゼニスで、女性服専門店にどれほどの需要があるのかは俺には分からない所だ。

「いらっしゃい――――ってヴァイスじゃない。どうしたの、何か訊きに来たの？」

「ああ。少しな」

カウンターに肘をついていたホロが、俺の姿を認めると渋々といった様子で背伸びをした。おおよそ客に対する態度ではないが、ゼニスでそんな事を気にする奴はいない。

「エルフの事についてなんだが」

「アンタが飼ってる？」

「そうだ」

飼ってる、という言い方がまさにゼニス節だ。奴隷が当たり前に日常に存在する街。

「話しかけても全く無反応でな。どうすればいいかと頭を悩ませてる所だ」

「確かに私が着替えさせてる時もお人形さんみたいだったわね。でも奴隷って基本そんな感じじゃないの？　元気な奴隷なんていないでしょ？」

「それはそうなんだが。だが全く無反応というのも極端だろ」

「確かにそうね。それで、私に何を訊きに来たのよ？」

「あいつを元気にする方法を知ってたら教えてくれ」

俺の質問にホロはうーんと唸《うな》り、顎に手を当てた。

「………思いつかないわねえ。これまでの人生が原因でそうなってるんだとは思うけど。子供を育てた経験もないし詳しいことは何も言えないわ。ごめんねヴァイス」

「いや、いいさ。こっちこそ変なこと訊いて悪かったな」

軽く手を振り店を出ようとする俺をホロが引き留める。

「あ、そうだヴァイス。ロレットさんなら分かるんじゃない？　あの人、確か五人くらい子供いるらしいわよ」

「ロレットか…………確かに含蓄はありそうだが」

だが、今は古びた酒場の店主だぞ。もう完全に爺《じじい》だし、子供を育てていたのなんて何十年も前の話だろ。

「ねえ、今晩訊きに行きましょうよ。私久しぶりにお酒飲みたいしさ」

「それが目的だろ絶対」

「違うわよ。あんまり遅くなったらあのエルフの子に悪いから、七時に酒場集合ね」

「…………勝手に決まってるし」

果たしてあの爺に心を閉ざした奴隷を元気にする方法など分かるのか。あまり期待は出来なかったが、今は藁《わら》にも縋《すが》る思いだ。俺はホロの誘いを飲むことにしたのだった。

◆

「愛、だあ？」

俺達の話を聞いた酒場の店主ロレットは、開口一番そう断じてきた。

「そうですとも。その少女は今、愛を欠いています。この世に絶望しているのです。それを救えるのは他でもない、愛情に違いありません。失った愛をヴァイスくんが与えてやるのです」

「聖職者みたいなこと言いやがって………」

まだ時間が早いのか他の客はおらず、俺とホロはカウンターに陣取ってロレットと向かい合っていた。総白髪の爺が優しげに目を細めて似合わない言葉を並べるものだから、俺は恥ずかしくなって酒を呷《あお》った。

俺のグラスが空になったのを確認すると、ロレットは慣れた手付きで新しい酒を差し出してくる。

「あー………塩、おかわりくれ」

ツマミでも注文して店の利益に貢献してやろうと思ったが、止《や》めた。サービスで貰えるツマミ塩が美味《うま》すぎて、わざわざ金を払って何か頼もうと思えないのがこの店の利点であり欠点だ。

ホロはすっかりいい気分になっているようで、カウンターにうつ伏せになりながら妙に熱気の籠もった視線を俺に送ってくる。

「でもぉ、私はロレットさんの言う通りだと思うなあ。ヴァイス、アンタあの子を愛してあげなさいよ」

「………愛するったってどうすりゃいいんだよ。俺はそっちのケはねえからな」

俺の言葉に、ホロはわざとらしく口元を押さえる。

「きゃー汚らわしい。別に愛ってそういうのだけじゃないでしょうよ。家族愛とかそういう話じゃないの？」

「その通りです。ホロさんはよく分かっていますね」

「ほら見なさいよ。…………ま、アンタが家族愛ってのもあんまり想像出来ないけど」

ホロは俺から視線を外し、グラスを軽く揺らす。中の氷がカランと心地よい音を立てた。

「難しく考えることはありませんよ。ヴァイスくんも、その少女に何かを感じたからこそ育てることにしたのでしょう？　ならば、心のままに接すればよいのです」

「心のままに、ねえ」

俺がリリィを育てる事にしたのは、リリィがハイエルフだったからだ。それ以上でも以下でもない。心のままにと言われても困るのが正直な所だった。

「ま、丁度いいんじゃない？　アンタ可愛げないし。エルフの女の子と一緒にいるくらいがお似合いよ」

「好き勝手言いやがって…………」

俺はグラスを空にすると、カウンターの高い椅子から降りた。

「あら、もう帰っちゃうの？」

「ここにいてもこれ以上情報は得られそうにないからな」

結局得られたのは「愛情をもって接しろ」とかいう訳の分からないアドバイスだけだった。来た甲斐《かい》があったのやらなかったのやら。

「ホロはこれで飲んでいけよ」

「あら、太っ腹じゃない！」

俺は金貨を一枚カウンターに置くと、ロレットの店を後にし自宅に急いだ。

◆

「…………愛情、ねえ」

俺はリビングのテーブルに着き、膝の上にリリィを乗せて首を捻った。夜ご飯の時間だった。

愛情って…………一体何だ？

普通に親から愛情を受けてきた俺ですら、その問いに即答する事は出来ない。甘やかすことって
ーのも違う気がするし。

「ほれ、あーん」

火傷《やけど》しないように冷ましてから、スプーンに載せた焼き飯をリリィの口に運ぶ。無反応のリリィも流石に食事が必要だという事は分かっているのか、口元まで運べば食べてくれる。リリィはその小さい口を開けて、スプーンを咥《くわ》えた。

「美味いか？」

「…………」

「…………反応はナシ、と。まあいいけどな」

とりあえず一口食べる度に頭を撫でてみる。スキンシップってのは何か愛情っぽいだろ？

「よーし、またいくぞー？　あーん」

もぐもぐが終わったのを確認して、またスプーンを口元に持っていく。リリィはそれを咥え、もぐもぐする。俺はリリィの頭を撫でる。それを何度か繰り返し、食事が終わった。

「次はお風呂いくぞー」

リリィの服が豪華になったので脱がすのが面倒になってしまったが、事前にホロから脱がし方を聞いていた俺はさほど苦戦せずリリィを素っ裸《すっぱだか》にすることに成功した。身体が冷える前にさっさと入ってしまおう。俺は一秒で全裸になった。

水魔法と火魔法を使い一瞬で湯船にお湯を張り、とりあえずそこにリリィを入れる。リリィの長い水色の髪が湯船いっぱいに浮き広がり、うにょーっとなった。

俺は急いで自分の身体を洗うと、リリィを湯船から出し自分の前に座らせた。リリィの長い髪は洗うのに時間が掛かるから、一度湯船で身体を温めてからの方がいいと思ってそうしている。

ゆっくり時間を掛け、俺はリリィの髪を洗い終えた。流石に自分の髪と同じようにという訳にはいかないからな。髪は女の命だとホロから念を押されていた。丁寧に洗ってやれと。

特徴的なエルフ耳の洗い方も少しコツを摑んできて、俺はリリィの全身をピカピカにした。

リリィの身体は元奴隷の割には綺麗だった。ゲスは「こんな奴は売れない」と嘆いていたが、普通に売れたのではと思う。まあ、もう俺の物だがな。

それからは湯船に浸《つ》かって、返事はないと分かっていつつもリリィに話しかけ、やっぱり返事がなく落胆するのを何度か繰り返し、風呂タイムが終わった。魔法で身体を乾かして、リリィを寝間着に着替えさせる。ホロが持ってきた衣服は本当に大量で、寝間着に限っても何種類もあった。ご丁寧に大きめのサイズまでバランスよく用意されている。リリィが成長してもすぐ買い替え、という事にはならなそうだ。

「よーし、そろそろ寝るぞー」

本当はまだ寝るには早い時間なんだが、俺達はベッドに入った。

ガキの頃、本当に小さい頃だが、母親と一緒に寝るのが好きだった記憶がある。残念ながら俺はリリィにとっては赤の他人だが、俺はリリィを娘にすると決めた。だから俺が父親であり、母親なんだ。

それから何日間は、そうやって過ごした。

そうすると、リリィの行動に少しずつ変化が表れた。

◆

それは、リリィを買って一週間ほど経った頃の事だった。

目が覚めた俺は、二人分の朝ご飯を作る為にキッチンに移動した。朝ご飯といっても適当に卵を焼いただけのものではあったが。

火魔法をいい感じに調整し、完璧なとろとろ具合の目玉焼きが完成した。俺は目玉焼きを皿に載せ、テーブルに置く為に身体を反転した。その時だった。

「————おわっ!?」

俺は柄にもなく素っ頓狂な声をあげ跳び上がった。だがそれも仕方ないだろう。

なんと、俺のすぐ背後にリリィが立っていたのだ。

――――これまで、自分で全く歩こうとしなかったリリィが。

「び、びっくりした…………ど、どうしたんだ？　どっか痛いのか…………？」

まさかの出来事に驚きつつも、それを表に出さず、リリィと同じ目線になるように腰を落とし頭を撫でてやる。どうせ無反応だろうな…………と諦めていたのだが、なんとリリィは気持ちよさそうに目を細めた。

「お、おお…………？　何だ、何が起こっている…………？」

何が何だか意味が分からないが、もっと意味が分からないのは俺が今凄く幸せを感じているという事だった。

どうして俺は今こんなに嬉《うれ》しい？

何故リリィが反応してくれることにこんなに幸せを感じているんだ。

俺はそんなにこの子の事を大切に想《おも》っていたのか？

「ま、まあいいか…………よし、とりあえずご飯だご飯」

俺はリリィを椅子に座らせると（今まではこれも俺が椅子に乗せていたのだが、今日はリリィが自分で座った）色々な事を考えながら目玉焼きを咀嚼《そしゃく》していった。拙い手付きながらも自分でご飯を食べようとするリリィが気になって、味は全く分からなかった。

俺はすぐホロの店に駆け込んだ。

「おいホロ聞いてくれ！　あいつが！」

「ちょっとなんなのよ騒々しい…………ってヴァイスか。今日はどうしたのよ」

ホロは戸棚整理をしていたのか、カウンターの下からぴょこっと顔を出した。

「聞いてくれ！　あいつが一人でご飯を食べたんだ！」

「はあ」

ホロはイマイチ気の抜けた相槌《あいづち》を打った。これがどれだけ凄いことか分かってないらしい。

「何だそのやる気のない返事は！　一人でご飯を食べたんだぞ!?　椅子にも一人で座ったんだ。分かるだろうこの凄さが！」

「いや、全然。寧ろアンタのその反応の方がびっくりだわ私は」

「何だと?」

ホロも一緒になって喜んでくれるだろうと確信していた俺は、ホロのローテンションな態度に気持ち悪い嚙《か》み合《あ》わなさを感じていた。

「いやあ……アンタもすっかり親になったなって思ったのよ」

「何だそんな事か。当然だろう、あいつは俺の娘にすることにしたからな」

「いやいや、私が言ってるのはそういう事実の話じゃなくてね…………ま、いいかこのままで。面白そうだし」

ホロは一人でぶつぶつと呟き、勝手に納得している。意味の分からん奴だ。

「ほら、親はさっさと子供の所に帰りなさいな。商売の邪魔なのよ」

しっし、とホロは払いのけるジェスチャーで俺を追い出した。

「何だよ、ノリの悪い奴」

俺は消化不良な気持ちを抱えながら、ロレットの酒場を目指した。


「そうですか。それは良かったですね」

「アンタもそう思うか。そうなんだよ、良かったんだよ」

ロレットの酒場は昼もやっていて、まともに働いていないロクデナシどもがよく昼から酒を浴びるように飲んでいるんだが、今日は珍しく閑古鳥が鳴いていた。

俺はカウンターに歩いていくと挨拶もそこそこに一番高い酒を注文した。この前飲んだ酒のおよそ十倍ほどの値段だが、今の俺には大した出費に思えなかった。酒が差し出されるや否や俺はそれを一気に飲み干し、ロレットにリリィの頑張りを話してやることにした。

「まさか一人でご飯が食べられるようになるなんてな。この俺もびっくりだぜ」

「きっとヴァイスくんの愛情がそうさせたのでしょう」

「愛情だぁ？　別に、そんなものを特別与えてやった記憶はねえけどな」

「いやいや…………ヴァイスくんの様子を見ていれば分かりますよ」

ロレットはどうも、このあいだ的外れなアドバイスをしたものだから引き下がれなくなっているらしい。リリィが急に俺に歩み寄るようになったのを、愛情のせいだと言い張っている。おめでたい奴だ。奴隷という生き物は厳しい世界を生き抜いてきている。恐らく俺に従う方が賢い選択だと判断しただけだろう。

「まあ何でもいいよ。とりあえずこれであいつに言葉を教えることが出来そうだ。今までは取り付く島もなかったからな」

「良かったですねえヴァイスくん」

妙にねちっこいロレットのにやけ面が気になりはしたが、いい感じに酔いが回った俺はそれからリリィの事を小一時間ほど語ってやった。何度も風呂に入っているうちに髪が綺麗な水色になっていった事とか、数日前から寝る時に俺の服を掴むようになった事とかを。

◆

エルフというのは元々、人間より遥かに頭のいい種族だ。そしてその上位種であるハイエルフはエルフより遥かに頭が良かった。

俺に心を開き始めたリリィは、食事やトイレをすぐに覚えた。風呂はまだ一人では入りたくないらしく俺と一緒に入りたがるものの、初日に比べたら随分手が掛からなくなったと言っていい。その代わり俺が出かけようとすると寂しそうな顔をするようになったのは心が痛かったが。

「あー」

「あー」

「いー」

「いー」

言葉を教える、といっても何から手を付けるべきか分からない。悩んだ末とりあえず俺は発音を教えることにした。リリィはやはり賢く、俺が大げさに口を開いて声を出してみせると、その意図を汲《く》み取《と》ったのか俺の真似《まね》をするようになった。

「らー」

「やー」

「らー」

「うやー！」

「うーん、ちょっと違うな…………」

一文字ずつ話す練習をこの何日かやっているけど、どうにもら行が上手《うま》くいかないんだよな…………リリィは見たところ四、五歳だと思うんだが、この頃のエルフ的には普通のことなんだろうか。誰かに相談しようにも、このゼニスでそんな平和的な話が出来る相手などそういない。ロレットもエルフの子供を育てた事はないだろうし。

「ま、いっか」

別に急いでる訳でもないしな。リリィが声を出せるようになったのは嬉しいが、焦るのはよくないだろう。俺達は着実に前に進んでいるんだ。

「よーしご飯にするぞー」

「うやー」

リリィは俺の言葉に反応し、大きく手をあげた。もしかしたら言葉の意味が分かっているのかもな。何でって、なんか嬉しそうにしているから。「ごはん」という音と食事を結びつけることくらいはしているかもしれない。なんたって、リリィはハイエルフだからな。

「うー」

リリィが足をぱたぱたさせ、お腹《なか》からよじ登るようにしてリビングの椅子に座る。うちの椅子はリリィには少し高くて、普通にお尻から座るのはまだ無理みたいだった。しかしリリィは、一旦座面に完全に上り、向き直るようにして座る技をいつの間にか編み出していた。やはりリリィは賢い。

この数日で変わった事は無数にあるが、これもその一つで、俺がキッチンで料理を始めるとリリィはリビングの椅子に座って待つようになった。そして俺が料理を終えたのを感じ取ると、俺の傍まで歩いてくる。折角苦労して椅子に上ったのにどうして降りてくるのかはリリィにしか分からないが、まあ俺としては嫌な気分ではなかった。何だか好かれているような感じがするしな。

「よーし、ご飯だぞー」

「ごはんやおー」

俺はリリィの脇を支えるようにして抱き上げると、椅子に座らせた。もしかしたらリリィは俺に椅子に乗せて貰えるのを分かって降りてきているのかも。だとしたらやはり賢い。リリィは天才かもな。将来はとんでもない学者になるかもしれん。

………リリィの名前がリリィになるまで、もう少し。

◆

最初に喋った言葉を名前にする、と決めたものの、勿論『あー』などにする訳にはいかない。そこにはある程度基準があるのだ。

「あー！　いー！　うー！」

椅子に座ったリリィが文字を指差しながら声を出していく。やはりハイエルフというべきか、リリィは一度教えただけで文字と音の結びつきを暗記していた。この調子なら言葉の意味を覚え、日常会話をしだすのもそう遠くない出来事だろう。俺はリリィと話す未来を想像し嬉しい気持ちになった。

「やーいーゆーいぇーろー」

そんなリリィも、ら行はまだ苦手だった。これればかりは記憶力などとは関係ないだろうし仕方がない。リリィの名前が決まるのは、まだもう少し先の事になりそうだ。俺は雑貨屋で購入した子供用の絵本を何冊かリリィに与えて、その隙に朝食で汚れた食器を洗うことにした。リリィはテーブルに置かれた絵本に興味津々の様子だった。最近のリリィは好奇心旺盛で俺の周りを離れようとしないから、一人で作業するにはこうして興味を逸らす何かが必要だった。

「りりー！」

「!?」

それは、突然の事だった。

あまりに綺麗な行の発音に、俺はびっくりして食器を落としリリィの方を振り向いた。リリィは絵本の表紙を指差していた。目を凝らすとどうやら作者の名前を指差しているようだった。『リリィ・リード』そう書いてあった。

「いいーいーど！」

「ありゃりゃ」

さっきのはどうやらまぐれだったらしく、絵本作家リリィ・リードはいいーいーどさんになってしまった。リリィはその後も目についた言葉を手当たり次第に読み上げていったが、やはりら行は言えていなかった。俺は暫《しばら》くそれを眺めた後、キッチンに向き直った。

「…………名前はリリィにしよう」

決めてしまえば、それはとてもしっくりくるのだった。

こうして名も無きエルフの奴隷は、俺の娘リリィ・フレンベルグになった。

◆

そんな訳で昔話は終わり、これからは現実の話に戻るわけだが。

リリィが俺の娘になってから約一年が経過していた。

「リリィ、ホロねーちゃんの所行くか？」

「いく！　りりー、ほろおねーちゃんだいすき！」

ら行も完璧になったリリィは、今や普通に会話が出来るようになった。流石はハイエルフの頭脳といった所か。数字の計算も瞬く間に覚え、ホロの店では立派にお金のやり取りも披露した。先の事を考えると、そろそろ魔法を覚えさせてもいい頃合いかもしれないと考えている。

「ぱぱ、はやくはやく！」

「はいはい、ちょっと待てって」

リリィが俺の服を摑んで玄関に引っ張っていこうとする。俺はリリィにお出かけ用の帽子を被せ、片手で抱っこすると、残った片手でテーブルの上を軽く片付けて外に出た。

「よーし行くぞー！」

「おー！」

空を見上げると、お出かけには丁度いい晴天だった。雲一つない青空は見ているだけでどこか清々《すがすが》しい気持ちになる。

「ぱぱ、いいおてんきだねー！」

「そうだなあ、きっとおひさまもリリィの事が大好きなんだと思うぞ」

「そうかなあ？　えへへ、やったあ！」

リリィを抱っこしながら大通りへと歩くこの時間が俺は好きだった。特に理由のない幸せがここにある気がする。

「おっでかけ！　おっでかけー！」

リリィは高い所が怖くないのか、俺に抱っこされているのにしがみつくこともなく両手を広げて喜んでいる。死んだような目をしたあの頃のリリィは、もうどこにもいない。

「ぱぱー、きょうはおよふくかってぃー？」

「ダーメ、この前買ったでしょ」

「ぶー」

「膨れてもダーメ」

俺はリリィを甘やかすつもりは全くない。子供の言う事を何でも聞いちゃうような親にはならないぞ。結局そういうのが子供をワガママにさせて、後々子供自身が苦労することになるんだよ。子供の為を思えばこそ厳しくしないといけないと俺は思うね。何も言わず親元を飛び出した俺みたいな人間に育児論を語られたくはないだろうけどさ。

「おねがぃーひとつでいいからー…………」

リリィが潤んだ目で俺を見つめてくる。俺は耐えきれなくなり、視線を逸らした。

「…………ひとつだけだぞ」

「やったあ！　ぱぱだいすきー！」

ガバッと頭に抱き着かれ、俺はバランスを崩しかけながらホロの店へと足を進めるのだった。

ドアを開けると、もうすっかり耳に馴染《なじ》んだ軽いベルの音が俺達を出迎えた。

「ほろおねーちゃん！　りりーがきたよー！」

「ホロ、邪魔するぞ。走っちゃダメだぞリリィ」

「うん！」

リリィを降ろしてやると、リリィは一直線に奥のカウンターにいるホロの元へ早歩きしていった。走るなという言いつけを守れて偉いな。俺は頷きながらリリィの後を追って歩き出した。

「あらリリィちゃん！　今日も元気いっぱいねえ」

「りりーまいにちげんきだよ！」

ホロがカウンターから出てきてリリィの頭を撫でる。リリィはホロの足に抱き着いて気持ちよさそうにしていた。

「ヴァイスも。いらっしゃい」

「ああ。悪いな、頻繁に来て」

「ウチは服屋よ？　毎日来られて困る事なんてないっての」

「ねえぱぱ、およーふくみてきていい？」

ホロの足に纏わりつきながらリリィが俺を見上げてくる。

「ああ、いいぞ。行ってこい」

「はーい！」

言うや否やリリィは早歩きで子供用の売り場に消えていき、あとには俺とホロだけが残された。

ホロはリリィが消えていった方に目線をやりながら、昔を思い出すように呟いた。

「ホント、元気になったわねえリリィちゃん」

「そうだな」

「アンタがゲスから奴隷を買ったって言い出した時はどうなる事かと思ったけど、まさかアンタがこんなに親バカになるとはね」

「俺が親バカだと？　ふざけるなよ」

俺はリリィを厳しく育てている。お菓子は毎日一つまでだし、家事の手伝いだって自発的にしてくれるんだぞ。甘やかしていればこうはなるまいよ。

因《ちな》みにゲスは俺がリリィを買って一か月ほどで死んだ。何かトラブルに巻き込まれたらしいが詳細は分からない。ゼニスでは珍しい話でもないし、特別仲が良かった訳でもないから、それを聞いても特に何も思わなかった。これで大手を振ってリリィと外出出来るな、とは思ったが。奴隷じゃなく娘にしただなどと知れたら、俺をアニキと慕っていたアイツには変に思われるかもしれなかったからな。

「自覚がないのが面白いのよねえ」

ホロは何事かを呟き、カウンターの向こうに戻った。俺はカウンターに向き直ると本題に入ることにした。今日はこれを伝える為に来たのだ。昔話をしに来た訳でも、リリィの服を買いに来た訳でもない。

「俺、帝都に戻るつもりなんだ」

「は？　帝都？　アンタ帝都出身だったの？」

「あれ、言ってなかったか？」

「初耳よ初耳。アンタ自分の事全く話そうとしないじゃない」

「そうだったか………？」

まあ俺の過去なんて聞いても全く面白くないからな。ゼニスにはどえらいエピソードを持った奴らがゴロゴロいるんだ。そんな中でわざわざ話そうとも思わないだろ。

「それで、帰るって？」

「ああ。来月には戻ろうと思ってる」

「ふーん、そう。因みにどうして？」

ホロは興味があるんだかないんだか、カウンターに肘をついて先を促してきた。

「大した話じゃないんだが………ほら、ゼニスには学校がないだろ」

「ないわね——ああ、そういうこと」

ホロはそれだけで合点《がてん》がいったようだった。

「そもそも子供が全然いないからね、この街。ウチに置いてある子供用の服なんて、殆どアンタ達専用みたいになってるし」

この終わってる街ゼニスは極端に子供が少なく、もしいたとしてもその殆どは奴隷だ。そして奴隷は学校には通わない。当然の帰結として、ゼニスには教育の需要がないのだ。とんでもない話ではあるがこれが現実だった。

「俺はリリィを学校に通わせたいと思ってる。帝都には俺の母校もあるし、知り合いも多いからな」

「母校ねえ………アンタ、そんなしっかりした所からどうしてゼニスになんか来ちゃったわけ？」

私と違って戻る所があるのに――――そう言いたげなホロの視線を受け流す。

「それはまあ…………色々だ」

「言う気はない、と」

「別に大した事情はないぞ？　ちょっと魔法省に追われてるだけで」

「魔法省て。オオゴトじゃない。帰って大丈夫なの、それ」

追われてるといっても、何か悪い事をした訳じゃない。ただ将来の長官候補としてスカウトされてるというだけだ。

「そこは大丈夫だ。とにかく、ゼニスはリリィの教育に悪すぎるんだよ。まともな奴は皆無だし、こんな所じゃ友達も出来ないだろ」

「それはそうね」

俺もホロも、まともではない。ホロは苦笑しながら頷いた。

「それにしても…………アンタがいなくなると色々不安ね」

「不安？」

「ほら、この悪人の坩堝《るつぼ》であるゼニスが何とか街という形を保ってこれてるのって、アンタのお陰だと思うのよね。力で押さえつけるって訳じゃないけどさ」

「それは…………どうなんだろうな」

確かに、俺達がゼニスにやってきた頃、ゼニスは今の比じゃないくらい荒れていた。今のように大通りでまともに商売など出来る状態ではなかった。

俺は片っ端から暴れる奴らをぶちのめしていって、何とかゼニスは街の形を取り戻した。それで俺は街の奴らからアニキと呼ばれている。まあ、昔の話だ。

「だから、アンタがいなくなったらまた荒れるんじゃないかなーって。私はそれがちょっと不安かな」

「もし荒れたとしても、お前は大丈夫だろ」

「まあね。でもほら、大丈夫じゃない人だって沢山いるじゃない」

「それはお前が何とかしてやれよ」

俺がそう言うと、ホロはふっと目を細めて笑った。

「嫌よ。私、善人じゃないもの」

「俺もだ。ゼニスじゃ自分の身は自分で守ることになってる。あとの事はあとの奴に任せるさ」

見知らぬ誰かがどうなろうが、はっきり言って知ったこっちゃない。俺は正義の味方じゃないんだ。

「じゃあ…………行くのね」

「ああ。もし本当にどうしようもなくなったら呼んでくれ。見知らぬ誰かの為は御免だが、お前を助ける為だったら来てやらんこともない」

「なにそれ、告白?」

ホロがニヤッと笑う。

「この一年リリィの服を用意してくれた礼だ。お前がいなきゃリリィは未《いま》だに素っ裸だった」

ホロが口を開こうとして――そこで服を抱えたリリィが早歩きでこちらに歩いてきた。

「ぱぱ、これかってー!」

リリィが服を俺に差し出してくる。俺はそれを受け取ると金貨をカウンターの上に置いた。足りない事はないはずだ。ホロも俺の意図を汲んだのか釣りを返そうとはしなかった。今まで世話になったな。

「リリィ、ホロねーちゃんにばいばいは?」

「ほろおねーちゃん、ばいばーい!」

「またな、ホロ」

「ええ。またねヴァイス、リリィちゃん」

ホロはいつもと同じ笑顔で俺達を見送った。

第三章　リリィ、帝都に立つ

My daughter was an unsold slave elf.

――――ゼニスを出発してから数日が過ぎた。

馬車や魔法車を乗り継いで、俺達は帝都のすぐ傍までやってきていた。この丘を越えれば帝都を肉眼で確認することが出来るだろう。

「ふんふふ～んっ」

リリィはお洋服の裾をはためかせ、スキップするように俺の少し前を歩いている。今日はまだそんなに移動していないからか元気そうだ。

リリィには引っ越しの事を直前まで伝えていなかったから、てっきりぐずられると身構えていたのだが、リリィは割とすんなり引っ越しの事を受け入れた。

リリィがゼニスを発《た》つ際にした事といえば改めてホロとロレットにバイバイを言いに行った事くらいで、餞別《せんべつ》代わりに貰った服やら酒、ツマミ塩を両手に抱えたリリィは既に帝都での新しい生活が楽しみで仕方ない様子だった。子供らしいといえば子供らしいか。

「――――リリィ、言われた通りに出来るな？」

「う、うん。りりーがんばる」

リリィは緊張した表情でぎゅっと握りこぶしを作った。

恐らく生まれてからずっとゼニスで奴隷をやっていたリリィは、大都市を見たことがない。迫力のある帝都の街並みを目の当たりにしてポロっと変な事を言ってしまわないとも限らなかった。

そんな訳で俺はリリィに「何か訊かれても孤児だったと答えること」と言い聞かせていた。言わずもがな奴隷購入は帝都では極刑である。

「よし、じゃあ行くか」

丘を越え、帝都へ続くメインストリートに出る。すると、懐かしの景色が眼前に広がった。

「お、おおー…………！」

リリィは帝都の外周を囲むその大きな壁に目を奪われ、圧倒されていた。足を止め、口を大きく開けて、空高く聳《そび》え立《た》つ灰色の壁を見上げている。

「びっくりしたか？」

「おっきなかべ…………」

リリィは暫くの間、呆《ほう》けたように帝都の外壁を見上げていたが、やがて飽きたのか視線を外し俺の親指を握ってきた。

「抱っこするか？」

「んーん、じぶんであるく！」

「了解」

…………リリィは割とすぐ抱っこされたがるんだが、今はテンションが上がってるらしい。機嫌のいい日は歩きたがるんだよな。

リリィと一緒に壁に近付いていく。帝都を囲む壁がどんどん存在感を増していく。

すると、門を守護している兵士達がこちらに視線を向けた。

帝都を囲む壁は東西南北それぞれに門が一つずつあり、基本的にそこからしか出入りが出来ないようになっている。一見がら空きになっているように見える上空は、実は防護魔法が張られていて、並大抵の魔法使いでは魔法障壁に撃ち落とされるのがオチだ。実際に突破した経験がある俺の感覚では、少なくともA級以上の魔法使いでないとあの障壁を破ることは出来ないだろう。

「二人、入りたいんだが」

門兵に声を掛けると、兵士は訝しげな視線を俺達に向けた。まあ当然か。人間とエルフの少女の二人組なんて怪しいにもほどがある。

「名前は？」

「ヴァイス・フレンベルグ。こっちは娘の――」

「りりーだよ！」

「………リリィ・フレンベルグだ」

リリィは初めて見る『正規の兵士』に興味津々で兵士の周りをうろうろしようとするので、俺はそれを必死に引っ張って食い止めた。頼むからじっとしていてくれ。

「ヴァイス・フレンベルグ………？　その名、どこかで………」

兵士は俺の名前に聞き覚えがあるのか、顎に手を当てる。

――第一関門突破だ。俺は心の中で指を鳴らした。

帝都の入場審査は世界で一番厳しいと言われている。

帝都出身の俺だけであればいくらでも身元を証明出来るが、リリィも一緒となれば話は別だ。純エルフのリリィを実の娘だなんていう嘘が通じる訳がなく、当然身元の証明が求められる。

そうなれば一巻の終わりだった。奴隷を買ったとは口が裂けても言えない。「孤児だった」と言い張るしかないが、その場合は孤児院から発行される証明書が必要になる。そんなものは勿論ない。

そうなれば身元不明なリリィは帝都に入ることは出来ないだろう。それくらい帝都の入場審査は厳しいんだ。

ゼニスには文書偽造を生業にしている奴もいるが、もしバレた場合は帝都に住む両親の立場も危うくなる。流石に親を巻き込む訳にもいかない。正攻法でリリィを門の向こうに通す必要があった。

…………一見詰んでいるように見えるこの状況。だが俺には勝算があった。

「魔法省からお達しが出ていないか？　捜索中だと」

風の噂《うわさ》では、魔法省は未だに俺を探しているらしい。

魔法省が血眼になって探していた、帝都の歴史でも随一の天才が十年振りに帰ってきたとなれば、付き人の一人くらいうやむやに出来るんじゃないか。俺の狙いはそれだった。

とりあえず、今は魔法省長官補佐になっていると聞いた、あいつに話を繋げられれば完璧だ。

「魔法省長官補佐のジークリンデに繋いでくれ。ヴァイスが帰ってきたと伝えれば分かる」

「ジークリンデ様に!?　あ、ああ…………確認する、ちょっと待ってろ！」

俺が堂々とした態度で畳みかけると、若い兵士は焦りながら他の兵士の元に駆けていった。

…………不審者にしてはやけに堂々としている俺の態度に、きっと今彼の中には色々な考えが渦巻いているんだろう。「帝都の官僚に会わせろ」などとのたまう目の前の不審者を自分の所で止めるか、それとも念の為お上にお伺いを立てるべきか。

普通なら有無を言わさずお帰り願う所だろうが、万が一があっては責任問題だ。俺の名乗った名前にも聞き覚えがある。それがまだ経験の浅い彼を惑わしているに違いない。

「じーくりんで？」

手持ち無沙汰になったリリィが訊いてくる。

「パパの友達だ。俺達をこの門の中に入れてくれる、とっても優しいおねーちゃんだぞ」

「ほろおねーちゃんみたいなかんじ？」

「ああ、そうだ」

リリィを怖がらせないように頷いてみせたものの、実際は真逆と言って良かった。リリィの事を可愛がっていたホロとは違い、学問バカのジークリンデはリリィの事を貴重な研究対象としてしか見ないだろう。だが今回はあいつのそういう性質を利用させて貰う。

暫く待っていると、先程の兵士が戻ってきた。どうやら結論が出たらしい。俺は緊張を表に出さないように注意しながら兵士の言葉を待った。

「…………ジークリンデ様が今向かわれているそうだ」

「そうか。助かるよ」

困惑気味に兵士は告げた。目の前の男が、お偉いさんのジークリンデが直接会いに来るような人物にはどうしても見えないのだろう。それを言ったら俺はジークリンデが様付けで呼ばれている事に強烈な違和感を覚えるけどな。

何はともあれ、とりあえずこれで帝都に入ることは出来そうだ。俺はバレない程度に肩の力を抜いて、眠そうに目を擦《こす》っているリリィを抱っこした。

「もう少しで入れるからな」

「ぱぱ、りりーねむいかも」

「ああ、寝てていいぞ。お休み」

割と限界が来ていたのか、リリィはすぐに俺の腕の中で寝息を立て始めた。

俺に応対していた兵士はいつの間にか門の前の所定位置に戻っていた。俺がジークリンデの知り合いだと分かった以上、下手に刺激したくないんだろう。

「…………ほっぺぷにぷにー」

「むにゅむにゅ…………」

リリィの寝顔をつんつんして癒《いや》されていると、懐かしい魔力が近付いてくるのに気が付く。学生時代に共に励み合った、あの魔力だ。

魔法省官僚を示す純白のコートを身に纏った一人の女性が門の中から現れると、兵士達が慌てて背筋を伸ばし敬礼のポーズを取った。

学生時代とほぼ変わらない印象を与えるその女性は、自分に礼を示す兵士達には目もくれず、切り揃えられた赤髪を揺らしながら目の前まで歩いてくる。

イモくさい髪型の割に整っている顔の、眼鏡の奥の鋭い瞳が俺を捉えた。

「――――ヴァイス。久しぶりに帰ってきたかと思えば子連れとはな。私への当てつけかそれは？」

「…………洒落っ気がないのは相変わらずだな。その陰気なデカ眼鏡をやめろって学生時代何回言ったっけか」

――――かつての同級生であり、そして今は魔法省長官補佐。

『万年成績ナンバー２』ことジークリンデ・フロイドと、こうして俺は十年振りに再会したのだった。

第四章 ジークリンデ、実はヴァイスに片思い中

My daughter was an unsold slave elf.

ジークリンデに案内され、俺達は帝都の中心、魔法省本部の応接室にやってきていた。

真っ赤な絨毯《じゅうたん》が敷かれただだっ広い通路には応接室だけでも十部屋以上あり、その中の第八応接室で俺は今ジークリンデと向き合っている。

他の応接室も全て使用中だったが、一体何をそんなに話しあう事があるんだか。応接室の中はパッと見で高級だと分かる調度品で統一されており、壁には偉そうなおっさんの肖像画が飾られていた。誰かは分からなかった。

リリィは応接室内のソファで気持ちよさそうに寝息を立てている。もう暫く起きることはなさそうだ。

「随分豪華な部屋だ。魔法省はそんなに儲《もう》かってるのか」

『帝都の中心』というのは政治的な意味合いでよく使われるフレーズだが、実は物理的にもそうで、帝都は魔法省を中心に栄えている。上空から見れば、中央のドデカい建物から放射状に道が広がっているのが分かるだろう。自己の権力を誇示するかのようにギラついたナリをしている、その真ん中の建物が魔法省だ。

「儲かってはいない。魔法省は営利団体ではないからな」

「そうは言っても豪華すぎるだろ。何だよこのソファ、フカフカじゃねえか。リリィが気持ちよさそうにしているからいいけどな」

俺はリリィが眠っているソファに近付いて、座面を手で押してみる。クッションが敷き詰められた真っ赤なソファは、まるで焼きたてのパンみたいにその身を沈ませ音もなく俺の手を飲み込んだ。体勢が僅かに変わってしまったのかリリィが「うーん…………」と寝言を漏らす。

室内をジロジロと観察する俺をジークリンデは眼鏡越しに冷ややかな視線で見つめている。十年振りの再会だというのにハグの一つもないとはな。お堅い性格は全く変わっていないらしい。

「その子は、実の娘なのか？」

ジークリンデはリリィに視線を向け、とんでもない事を口にした。

「な訳ねえだろ。拾ったんだよ、耳見ろ耳」

実は俺が帝都に来た目的の一つが『リリィをジークリンデに紹介する事』だった。

希少種であるハイエルフの、恐らく唯一の生き残りだと言ってもいいリリィには、この先必ず公的な機関の後ろ盾が必要な時が訪れる。俺の知り合いであり魔法省の高官でもあるジークリンデは、リリィと魔法省を繋げるのに最適な存在だった。

俺はジークリンデと向かい合う形で一人掛けの椅子に座った。想像より沈み込んだせいで後ろに倒れそうな格好になるのを何とか堪《こら》える。

「…………言われてみれば。済まない、少し気が動転していた」

ジークリンデはリリィをただのエルフだと思っているようだ。興味が逸れた、と言わんばかりに視線を外した。

「ジークリンデ、リリィを見て何か気付かないか？」

ジークリンデがハイエルフの存在を知らないということは有り得ない。

こいつは学生時代『魔法書の虫』という二つ名をほしいままにしていた。俺がいなければ魔法学校を首席で卒業していたその探求心は、必ずハイエルフの存在に辿《たど》り着《つ》いているはずだ。

ジークリンデはもう一度リリィに視線を向け…………ハッとした表情で俺を見た。俺は首を僅かに縦に振った。

「リリィはハイエルフの生き残りだ」

「────ッ、実在していたというのか!?」

ジークリンデは椅子から跳び上がりリリィに駆け寄っていく。書物の中の登場人物だと思い込んでいた存在が急に目の前に現れ居ても立っても居られない。そんな感じだった。

「おい、勝手に触れるなよ。今はおひるね中だ」

「そんな事を言っている場合か!?　今すぐ研究室に────ッ」

「落ち着けって、リリィが起きるだろうが。とりあえず座ってくれ。リリィについて色々相談したいことがあるんだよ」

少し声にドスを利かせると、ジークリンデは名残惜しそうにリリィの方に視線をやりながらも渋々といった雰囲気で着席した。

「まず俺が帰ってきた理由なんだがな…………リリィを魔法学校に入れてやりたいんだよ」

リリィは俺との生活で「友達が欲しい」と漏らした事はなかったが、それは友達という概念がよく分かっていないだけだと思っている。普通に考えれば、ホロやロレットみたいな年上だけじゃなく同年代の友達がいた方が、毎日は劇的に楽しくなるはずだ。

視線を向ければ、リリィは幸せそうにソファにほっぺをつけ、夢の世界へ旅立っていた。

この笑顔は守らなければならない。理屈じゃなく、本能でそう思う。

「…………」

リリィに寂しい思いをさせたくはない。これまでの人生が最悪だった分、これからの人生は最高であって欲しい。

学校に行けば同年代の子供が沢山いる。きっと友達も出来るだろう。セキュリティだって万全だ。帝都の魔法学校はリリィにとってうってつけと言えた。

「…………なるほどな。帝都ほど質の高い魔法学校は他にない。ハイエルフに教育を施すという事であればこれ以上の適任はないだろう」

「その通りだ」

帝都を選んだのはここが一番安全で、俺の顔が利くからというだけだったんだが、否定する必要もないので俺は首を縦に振った。

「俺達の母校でもある魔法学校の高い教育を受ければ、リリィは必ずその才能を花開かせるだろう。ジークリンデ、お前にはリリィを来年の入学者にねじ込んで貰いたい」

俺の記憶が確かなら、魔法学校の入学式は一か月後。とっくの昔に入学手続きは締め切っている。

だが、魔法省官僚のジークリンデなら何とか出来るんじゃないかと俺は踏んでいた。

ジークリンデは顎に手を当て視線を床に落とす。リリィの入学に必要な手続き、根回し、その為に支払う金銭、かけるべき圧力の算出をしているのかもしれない。

「…………恐らく何とかなるだろう。あまり気は進まないが」

「助かるよ。実はあと二つほど頼みたいんだが」

「…………何だ」

ジークリンデは大きくため息をついた。だが、席を立つことはしなかった。

「まずは俺とリリィが住む家を斡旋してくれ。金に糸目は付けないが、治安の良い所が条件だ。それと――――リリィに護衛を付けて欲しい」

「…………護衛だと？」

俺の口から出た物騒な言葉に、ジークリンデは眉をひそめる。

「ハイエルフの特徴を知る者は少なからずいる。無論、一目見てリリィをハイエルフだと断じてくる奴は少ないだろうが、万が一事件に巻き込まれないとも限らないだろ。護衛は必要なんだ、俺も常にリリィに付いてやれる訳じゃないからな。お前としてもハイエルフの存在が他国に流れるのは避けたいんじゃないのか」

「確かにな。それならば魔法省の腕利きを付けよう」

「いや、出来れば魔法省オフィシャルは避けたい。お前の私兵を出せないか」

「────どういうことだ？」

ジークリンデの鋭い視線が突き刺さる。

……………ここで怯《ひる》んでは意味がない。俺は真正面から視線を返した。

「リリィがハイエルフだという事は、俺とお前だけの秘密にしてくれないか」

「……………何故だ。ハイエルフの存在は、帝都を大いに発展させる可能性を秘めている」

「リリィを魔法省のゴタゴタに巻き込みたくないんだよ。まだ子供だからな」

ジークリンデは俺の言葉を受け、こちらに冷たい視線を向けていたが────大きなため息を一つついて背もたれに体重を預けた。張り詰めた空気が弛緩《しかん》する。

「……………昔から、お前には面倒をかけられてばかりだ」

「すまん……………だが、相応の見返りは用意するつもりだ」

「見返り？」

ジークリンデが視線を俺に戻す。

「お前の仕事、俺が手伝ってやってもいい。あくまでお前の個人的な協力者としてだが魔法省に協力してやる」

「……………ほう」

若くして魔法省長官補佐まで上り詰めたジークリンデには、表に出せない多くの問題があるはずだった。そして俺の提案はそれなりにジークリンデの抱える面倒事を解決せしめるのだろう。

ジークリンデは目を丸くして、その後ニヤッと笑った。

「――交渉成立だ。まずは家だったな。すぐ用意してやるから待っていろ」

ジークリンデは満足そうな視線を俺に寄越して、応接室から出ていった。

◆

二十分ほどでジークリンデは家の手配を済ませて戻ってきた。聞けばなんと今日から住めるらしい。

ジークリンデが直接案内してくれるらしく、俺とジークリンデは夕方の帝都を散歩がてら歩いていた。リリィは俺の腕の中ですやすや寝息を立てている。

十年振りの帝都の街並みは、意外なほどに俺の記憶のままだった。

新しく店が出来ていたり、逆に建物が取り壊されていたり。顔見知りがいなくなっていて、そこには知らない奴が住んでいる。そういう事が多分にあると思っていたのだが、今の所目につく変化は感じられない。

ゼニスでは十年どころか一日で街並みが変わることも珍しくない。街並みが変わらないということは、つまりそれだけ帝都が安定しているということなのかもな。

「久しぶりの帝都はどうだ？　この辺りも様変わりしただろう」

ジークリンデは軽く手を広げて言った。その横顔はどこか誇らしそうだった。

「そうかあ………？」

記憶を掘り起こしながら周囲に目を凝らす。

この辺りは商業のメイン通りの中でも特に魔法使いを対象にした区画で、帝国に存在するあらゆるブランドの魔法具店が店を構えている。

大人が二十人は横に並んでも歩けそうな広い石畳の通路には、夕方だというのに沢山の人間が時に肩をぶつけながら行き交っていて、その中には魔法学校帰りの生徒も多数見受けられた。俺もこの辺りは学生時代に足繁《あししげ》く通っていたはずだが、特に記憶と違う部分は見当たらない。

「………何か変わったか？」

そこの角は俺が学生の頃から魔法具トップシェアブランド『ビットネ・アルキュール』の本店だったよな。んで、その隣が『フランシェ』本店。そうそう、向かいに魔法書専門店があったんだよな。ジークリンデと放課後たまに寄った記憶がある。やっぱり昔と変わってないじゃねえか。

俺が困惑しているのを見て、ジークリンデは大きくため息をついた。

仕方ねえだろ、この十年色々ありすぎたんだよ。

「例えばその角の店、今はビットネだが私達が学生の頃はガトリンだった。ガトリンは今は一本隣の通りに移っている」

「え、あそこ前からビットネじゃなかったか？」

少なくとも俺の記憶じゃそうなってるんだが。

「何を言っている。お前、店の商品全部に自分の魔力を感応させてガトリン出禁になったじゃないか。………おい、まさか私が一緒に頭を下げてやったのも覚えてないとか言わないだろうな!?」

「あ、あ～…………そんなこと、あったような…………なかったような…………」

ジークリンデが眉を吊り上げて俺を睨《にら》む。あまりの迫力に思わず俺は口から出任せを吐いた。

…………恐らくこれは魔法具ブランドの小賢《こざか》しい経営戦略のせいだと思うんだが、高級魔法具というのは基本的にワンオーナーで、自らの魔力を流し込んで所有者を刻印させる。店の商品全部に魔力感応させたというのは、つまり商品全部をダメにしたってことだ。因みに全く覚えていない。俺はガトリンを出禁になっていたのか。国内ではビットネに次ぐ有名ブランドなんだが。

愚痴っぽくなってしまうが、そもそも魔法具の高級ブランドというもの自体、眉唾物だと俺は思っている。

あんなものは一定数の魔法使いが徒党を組み、組織を立ち上げ、希少素材を独占して価格を吊り上げているに過ぎない。杖やローブなんて自分に合うものを使えばいいし、極論なくても構わない。金を払えば払うだけ性能が向上するのは魔法車だけだ。

「…………それって結局どうなったんだっけ？」

「私が代金を肩代わりした。四千三百万ゼニーだったか。お前からの返済が終わったのは確か卒業間際だったな」

四千三百万ゼニー。

魔法省のヒラ職員の年収七年分って所か。ゼニスならエルフの少女が十四万人買える。よくそんな金が当時学生のジークリンデに払えたなと思ったが、そういえばこいつの実家はとんでもない金持ちなんだった。帝都でも有数の名家だ。

「あれからお前は放課後になると、クエストをこなす為に各地を奔走していたな」

「………ああ、それで俺は魔法省に通ってたんだった。思い出した」

なんとなーく魔法省をよく訪れていた記憶だけはあったんだが、そういう事だったのか。

ジークリンデに多額の借金をした俺は、クエストをこなして金を稼ぐしかなくなり、クエストを受注する為に魔法省に足を運んでいたんだった。四千三百万というと凶悪な魔獣討伐や希少な素材納品が対象のA級クエストに絞っても五十回はクリアしなければならない。

当時の俺、よく頑張ったな。マジで。

「………別に、私と結婚してくれれば払う必要もなかったのだがな」

「何だって？」

ジークリンデが珍しくごにょごにょっと何かを呟いたが、周囲の喧騒《けんそう》にかき消され俺の耳には届かない。

「何でもないさ。よく返済出来たものだと感心していたんだ」

昔話に花を咲かせながら商業通りを抜け、住宅街を抜け、暫く歩いていると急に道がぐわっと広くなる。確かこの辺りは高級住宅街だ。等間隔で並んだ街灯一つ見ただけで金が掛かっているのが分かる。

周囲の魔力を吸収して発光するあの魔石は、サイズが小さいほど値段が跳ね上がる。商業通りやさっきまでの住宅街に並んでいた街灯の魔石は、こぶし大から人間の頭蓋骨くらいの大きさだった。しかし、目の前の街灯は魔石が視認出来ず、ただ街灯の先が光っているようにしか見えない。相当質のいい発光石を使用しているな。一つ三十万ゼニーは下らないだろう。

「――――着いたぞ」

ジークリンデが一軒家の前で足を止める。木造二階建ての立派な家だ。庭も広く、芝は綺麗に手入れされている。親子二人で住むには充分すぎると言っていい。

「…………いくらだ？　ここ、土地も高いだろ」

俺の予想では一億ゼニー。まあ即金で払えなくはない。

「ここは魔法省の所有物でな。誰も使わないのに手入れだけはするという、税金の無駄遣いの結晶だ。実は帝都にはこういう物件が結構あるんだよ。だから金は必要ない」

「マジか」

「お前にはこれから馬車馬のように働いて貰うつもりだからな。先行投資というやつだ」

ジークリンデは愉快そうに口の端を吊り上げ、家の中に入っていった。


「ここがりりーのあたらしいおうち!?」

「そうだぞー、リリィの部屋もあるからな」

目を覚ましたリリィは目をキラキラ輝かせて新しい家を探検しはじめた。戸棚を開けてはこっちを向いてポーズを取り、家具に乗ってはこっちを向いてポーズを取る。にへらっと笑いながらこっちに手を振るリリィが可愛すぎて、俺はリビングの入り口から動けずにいた。

「…………本当にいいのか？　こんな上等な家」

隣にいるジークリンデに声を掛ける。ジークリンデは新しい家にテンションが上がりはしゃいでいるリリィを、感情の読めない冷めた瞳で見つめていた。

「どうせ無人だったんだ、気にしなくていい。近くの家には私の部下も住まわせている。セキュリティも心配はいらないだろう」

「…………マジで助かる。それで、俺とリリィの事なんだが——」

「それも私が上手く処理しておく。お前が帰ってきた事は報告せざるを得ないが、あの子は先天的に見た目に異常があるエルフとして報告しておこう」

ジークリンデは眼鏡をくいっと持ち上げた。学生時代から変わっていないのであれば、それは何か言いたいことがある時の癖だ。

魚心あれば水心あり。大抵の事なら協力するつもりだった。俺はジークリンデの言葉を待った。

「ぱぱー」

リリィが部屋の奥からこちらに手を振る。俺はそれに手をあげて答えた。ジークリンデはリリィをじっと見つめている。

「話は変わるんだが——あの子に母親はいるのか？」

「…………は？」

ジークリンデの言わんとしていることが分からず、俺は間の抜けた声を出した。

生物なのだから勿論母親はいるだろう。そんな事はこいつも分かっているはずだ。だからジークリンデが言いたいことはそれではない。だが、だとしたら何だというのか。

「どういうことだ？」

俺の問いに、何故かジークリンデは頬を赤らめた。不健康なほど真っ白な肌に、僅かに朱色が差している。

「…………生物学的見地から言わせて貰えばだ。あくまで学術的な話に則《のっと》って意見させて貰うとだな…………両親が揃っていた方が、子供の教育にはいいのではないか？」

「ああ、そういう事か」

ジークリンデはリリィの情操教育的な部分を不安に思っているんだろう。魔法学校で教えるのは学問のみで、その他は親の仕事だ。

確かにそういう部分を教えるのは俺には荷が重いかもな。なんたって俺は黙って親元を飛び出すような男だ。母親代わりの存在がいた方がいいのは間違いない。

「とは言ってもな。どうしようもねえだろ」

俺に彼女や嫁はいないし、直近で出来る予定もない。ゼニスで一番仲が良かった異性といえばホロだが、結婚なんて想像も出来なかった。

「…………私が、母親になってやろうか？」

――――予想外の言葉が飛び出した。

背けられた顔色は窺《うかが》い知《し》れないが、その声は僅かに震えていた。ジークリンデの性格を考えれば、どう考えても無理をしている。ハイエルフが珍しいのは分かるが、そこまでして関わりたいという熱意を持っているとはな。

「冗談よせって。そもそもお前に母親が務まるのかよ。学校じゃガリ勉タイプだったじゃねえか」

「私を甘く見るな。あれから何年経ったと思ってるんだ。学生の頃とは違う」

「なら彼氏の一人でも出来たんだろうな」

学生の頃のジークリンデは色恋の欠片《かけら》もない女だった。好きなものは魔法書と歴史書ってタイプ。暇さえあれば大図書館に籠もっていた記憶がある。実は見てくれ自体は悪くないんだが、それが周知される事はついぞなかった。

「それは関係ないだろう。それに、私はお前が…………」

ジークリンデの声が尻すぼみに小さくなる。視線の先ではリリィがソファの上で楽しそうに跳ねていた。

「…………ともかく。お前が消息を絶ったせいで私が魔法省に勤めることになったんだ。長年の貸し、今こそ返して貰うぞ」

ジークリンデはそう言うと、リリィの方に歩み寄っていく。リリィは帝都に入ってからさっきまで寝ていた為、ジークリンデとは今がファーストコンタクト。

リリィはソファの上に立って、不思議そうにジークリンデを見つめている。人見知りするタイプではないと思うが、果たしてどうなるか。

「…………私はジークリンデという」

「わたし、りりー！　えっと…………こじ…………？　でした！」

すかさず孤児アピールをするリリィ。言いつけを守れて偉いぞ。

ジークリンデは何故か思いっきりリリィを睨みつけていた。いや、あれは緊張しているのか？　分かり辛《づら》いがよく見れば顔が強張《こわば》っている。

「…………リリィちゃん。突然だが…………お母さん、欲しくはないか？」

「ぶっ」

俺は吹き出した。訊き方があまりに直接的すぎるだろ。

「んー？」

ほら見ろ、リリィも首を傾《かし》げて困ってる。

「…………まま？」

「そうだ。今はパパと二人で暮らしているだろ？」

「うん」

リリィはこくっと首を大きく縦に振った。ジークリンデの話に興味があるみたいだ。

……………母親、やっぱりいた方がいいのかなあ。内心寂しかったりするんだろうか。

「もし、私がママになってやると言ったら…………どうだ？」

ジークリンデが眼鏡の奥で瞳をギラつかせた。それだけで子供慣れしていないのが丸わかりだった。態度が仕事中と全く同じだから。

「うー………」

目付きの悪いジークリンデに迫られて、リリィは困ったように視線をきょろきょろさせる。助けを求めて俺に視線を送ってくるが…………ここはあえて動かなかった。リリィの正直な気持ちが聞きたかったから。

「………りりーには………ぱぱがいるから………」

リリィは逃げるようにソファから飛び降りると、一直線に俺の方に走ってくる。ぎゅっと俺の服を掴んで、後ろに隠れてしまった。

ジークリンデは信じられない、といった様子で呆然《ぼうぜん》とした表情を浮かべている。

寧ろどうしてあの迫り方でいけると思ったのか、こっちが訊きたいくらいだ。

「あのおねーちゃん、怖かったよな。ごめんな」

リリィの頭を優しく撫でてやる。耳を軽くくすぐると、身をよじって抱き着いてきた。

「あははっ、ぱぱくすぐったい！」

笑顔を取り戻したリリィを見て、ジークリンデが乾いた声を漏らした。

「いったい、なぜ………」

お前の顔が怖いからだ。それが分からないようではママは務まらない。

それにしても………リリィ、本当は母親が欲しいんだろうなあ。

ジークリンデの迫力に押されて逃げてしまったけど、迷いが顔に出ていた。きっとホロに同じことを言われたら喜んで首を縦に振っていただろう。

その辺りも、色々考えておく必要があるのかもしれない。ジークリンデとリリィが打ち解けてくれればそれが一番いいんだが、まだまだ先は長そうだからな。

「――――ぱぱ、いっしょにねる」

ジークリンデが帰った後、書斎で入学式に向けた書類整理をしているとリリィが静かにドアを開けて入ってきた。パジャマ姿で、俺の枕を両手で抱えている。わざわざ俺の部屋から持ってきたのか。

「一緒に？」

ゼニスでは俺とリリィは一つのベッドで一緒に寝ていた。理由は単純で、間取り的にリリィの部屋がなかったのだ。物置部屋を無理やり整理すればリリィの部屋を捻出出来なくもなかったが、割と早い段階で帝都への移住を決めていたし、リリィ自身から部屋が欲しいと言われた事もなかったので甘えてしまっていた。

だが今日からは違う。リリィは既に気に入った部屋に自分の荷物（といっても絵本やおもちゃくらいだが）を運び込んでいた。その部屋にはベッドも備え付けられていたはずだ。パッと見た感じではかなり上等なものだった。

「パパと一緒だとまたぎゅうぎゅうになっちゃうぞ？」

いくらリリィが子供とはいえ、一人用のベッドに二人で寝るのは流石にギリギリだった。リリィはベッドから落ちないように俺の腕にしがみついて寝るのが当たり前になっていたし、リリィのスペースを余分に確保しようとした結果、反対側の俺の肩は宙に浮いていた。俺はどんな状況でも安眠出来るからいいものの、リリィには長い間窮屈な思いをさせてしまったはずだ。折角今日からは両手を広げて眠れるんだから、是非それを味わって欲しいという思いが俺の中にある。

けれどリリィはマイベッドにはあまり興味がないようで、浮かない顔で傍まで歩いてくると、枕越しに身体をくっつけてきた。

「ぎゅーぎゅーでもいい…………」

「本当にいいのか？　パパはリリィと一緒に寝れるのは嬉しいけど」

「うん…………」

相変わらずリリィの表情は沈んでいる。

もしかするとリリィは慣れない帝都で少し不安になっているのかもしれないな。さっきジークリンデに迫られた恐怖もあるだろうし。それで一人で寝るのが寂しくなったのかも。

娘の願いは叶《かな》えてやるのが父親の役目だ。俺は書類を揃えてテーブルの端に追いやった。時計を確認するとまだ寝るには早かったが、寂しそうな娘の前には些細《ささい》な事だ。

だが、その前に――

「寝る前にお風呂は？」

「あ、そだった！　いっしょはいる！」

リリィは枕を投げ捨てると、ドタバタと書斎から出ていった。

おい、枕を寝室に戻してくれよ。

「…………ったく」

俺は書類から顔を上げ、枕を拾い上げるとリリィの後を追って書斎を後にした。両手を広げて眠れるのは、もう少し先のことになりそうだ。

第五章　ヴァイス、娘の為に奔走する

My daughter was an unsold slave elf.

ジークリンデは仕事が早い。翌日には魔法学校の入学案内を送付してきた。

今はリビングでリリィと一緒にそれを確認している。

「がっこー？　りりーがっこーいくの？」

「そうだぞ。学校はお勉強する所だ」

「おべんきょー！　ぱぱもいっしょ？」

「パパはもう卒業しちゃったんだ」

「そつぎょー？」

「卒業は…………なんだろうな。パパも昔学校で頑張ったんだ」

「そうなんだ…………ぱぱえらいね」

リリィはソファに登ると、俺の頭をよしよししてくる。小さい手が不器用に動いて髪がくしゃっとなった。可愛い。

「わわっ」

俺はリリィを膝の上で抱っこすると、デカデカと『必要なもの一覧』と書かれた紙に目を通していく。

筆記用具、体操服、上履き…………そして魔法具。そこには学生時代に使っていた物品が羅列されていた。

「魔法具か…………」

「まほーぐ？」

リリィが首を傾げる。

――――魔法具。

それは魔法に関するあらゆる武器、防具、そして衣服の総称だ。

魔法具はその用途に応じて何十種類もあるが、魔法学校で使うのは主に『杖』と『ローブ』。上級生になると『帽子』も必要になる。帽子は魔力を制御する役割があるから、魔力量が多くなる上級生は着用するのが決まりになっている。

「どうすっかなあ」

リリィの魔法具か…………どうせならトップブランドの『ビットネ』で揃えてやりたい。『ガトリン』は俺出禁らしいし。ブランド自体に興味はないが、トップブランドの魔法具はお洒落なものも多いからな。高いだけあって手間は掛かっている。リリィが気に入るものもきっとあるだろう。

「…………よし！　お出かけ行くぞ」

「おでかけ！　やったやった！」

リリィが膝の上でばんざいする。リリィは昨日、殆ど寝てたからな。帝都の街並み初体験だ。

「ぱぱ、ひとがたくさんいるよ！」

「そうだな、はぐれないようにな」

俺は繋いだリリィの手を確かめた。リリィはぐいぐいと俺を引っ張って、商業通りの広い道を右往左往する。目に入るもの全てが気になるって感じだった。

「ぱぱ、これはなにやさん？」

リリィが指差したのは、明らかに老舗っぽい石造りの店だった。木の板で出来た吊り看板には、店名の他に掠《かす》れた文字でローブへのこだわりが書いてある。店主の営業理念だろうか。

「これは…………ローブ専門店か。服屋さんだ」

「ほろおねーちゃん、いる？」

「ホロおねーちゃんは多分いないなあ」

リリィの頭の中では服屋＝ホロになっているらしい。懐いてたからなあ。

「入ってみるか？」

「うん！」

『ビットネ』で揃えるつもりだったが、とりあえず見てみるのもいいだろう。こういう個人経営の店は案外いい仕事をする。

「いらっしゃいませー！」

入店した俺達を、フレッシュな声が出迎えた。

店の外観的にてっきり老いた爺が一人でやっているような店かと思ったが、店員は若い女性だった。狭い店内に所狭しと陳列されているローブも古き良きクラシックスタイルかと思えばその真逆で、洗練された今風のデザインが並んでいた。商業通りに出店しているだけあって、その辺りはちゃんとしているらしい。

「入学ですか？」

恐らく自分の店の商品だろう、黒いローブを纏った女性店員が話しかけてくる。店員が身に着けているものは、生地が薄い代わりにひらひらが沢山付いた見た目重視のもので、かなりお洒落だった。服の上に羽織るのではなく、それ自体が服の代わりになるタイプ。性能は生地の材質にもよるのでパッと見では分からない。

「そうだ。見せて貰っても構わないか？」

「ゆっくり見ていってください。可愛らしいお子さんですね」

店員がリリィに目を向けて言う。そうだろう、可愛いだろう。

リリィは目を輝かせながら店員を眺めていた。ローブ姿が珍しいのか？

「りりーだよ！」

「リリィちゃんっていうんだ。学校、楽しみ？」

「うん！　たくさんべんきょーするの！　それでね、ぱぱをたすけてあげるの！」

「そうなんだ。偉いわねえリリィちゃん」

破顔した店員がリリィを撫でる。俺はリリィの言葉に感動し、熱いものがこみ上げていた。

リリィ………そんなに俺のことを…………うるうる。

「りりーあっちみてくる！」

手を離すと、リリィは子供用のコーナーに突進していった。その背中を眺めていると、店員が話しかけてくる。

「何か訊きたいことはありますか？」

「そうだな………この店はどういうローブを置いてるんだ？」

ブランド志向はないし、『ビットネ』より良いと思ったらここで買うのもありだ。店員の愛想もいいしな。

「うちの商品は全て店長が一人で手作りしているんです。凄いんですよ、店長。魔法使いとしても一流なのに、縫製技術も本職顔負けなんです」

「それは凄いな」

ローブの役割は、主に相手の魔法から身を守ることにある。

その為、生地には高い魔法耐性を持つ素材が用いられることが殆どだ。だが逆に言ってしまえば素材自体が役割を担っている為、縫製まで魔法使いが行う必要はない。ローブの製造において魔法使いの役割といえば、精々出来上がったローブに魔力でコーティングをするくらいだ。

因みに高級ブランドのローブは素材自体も希少なものを使用している上、著名な魔法使いが魔力仕上げを施していることが多い。有名魔法使いの名前でお金を取っている訳だ。「あの誰々の祝福が施されています！」みたいな。

「店長の名前は何というんだ？」

一流魔法使いというのなら、名前くらいは知っているかもしれない。

店員が口を開こうとして――――しかしその口が店長の名前を紡ぐことはなかった。

「…………その声、もしやヴァイスかい？　ヒッヒッ、一体いつの間に帰ってきていたのさ」

しわがれた声と共に、店の奥から見覚えのある老婆が姿を現した。

「…………エスメラルダ先生…………？」


――――エスメラルダ・イーゼンバーン。

俺やジークリンデの恩師であり、かつては『帝都で最も優れた魔法使い』と呼ばれていた魔法学校きっての才媛だ。存命の者に限れば、恐らく帝都で最も有名な魔法使いの一人だろう。

「…………この店、エスメラルダ先生の店なのか？」

「ヒッヒッヒッ、道楽で始めたんだが、これが案外愉快でね。いつの間にか三年目さ」

「結構長く続いてるんだな。まあ先生くらい有名ならそれだけで繁盛しそうではあるが」

店の奥から先生がゆっくりとこちらに歩いてくる。身体は小さいものの、迸《ほとばし》る魔力が先生を大きく見せる。相変わらず研ぎ澄まされてるな。教師を辞めてしまったのは帝都にとってかなりの損失だろう。

「馬鹿言うんじゃない。アンタだから出てきたけどね、普段は私の名前は出してないよ」

「先生の店だって事は隠してる訳か。でも一体何故？」

「あのエスメラルダが作ってます！」と宣伝するだけで、飛ぶように売れていくだろうに。なんたって先生はかつて帝都で一番と言われた魔法使いだ。

「カッカッ、その辺の高級ブランドみたいでイヤじゃないか。それがやりたいなら『ビットネ』に就職してるよ私は」

「ははっ、確かにな」

高級ブランドをこき下ろす発言は、それだけで面白い。俺はつい笑ってしまった。

「店長、お知り合いなんですか？」

店員が俺と先生の間で視線を彷徨わせる。「出てきていいんですか？」と顔に書いてあった。

「こいつはね、私を学校から引退させた男だよ」

「ええっ!?」

店員が驚いた表情で俺を見る。

「適当言うなよ。何もしてないだろうが」

言いながらも、瞬間的に不安になる。俺は『ガトリン』を出禁になった事すら忘れていた。他にも何かやらかしていないとも言い切れない。

「本当のことさ。アンタが出てきたから、私は『帝都で二番』になっちまったんだからね」

「……………ああ、そういうことか」

俺は『帝都の歴史で一番の天才』と言われている。エスメラルダ先生はかつて、そう言われていた。

「でも、別にそれでクビになったりはしないだろ。先生より優れた魔法使いなんて教職員に一人もいないんだから」

「そりゃそうだ。学校は自分から辞めたのさ」

「…………おい」

話がテキトーなのは相変わらずか。

「でもね、アンタを見て『そろそろ潮時か』と思ったのは本当さね。世代交代の時が来たか、って感じたねぇ」

「そういうもんか」

先生は五十年以上ずっと帝都で一番だった。それがついに更新されて、気持ちに一区切りついたってことはあるかもしれないな。

「あ、もしかしてこの人が店長がたまに話してた――」

店員が思いついたように声をあげる。そういえば自己紹介をしていなかった。

「ヴァイス・フレンベルグという。先生の教え子、という事になるか」

「一番の問題児だったたね」

「うっせえ」

俺が問題児なら先生は問題大人だっただろうが。こうして話している間にも先生の破天荒エピソードが記憶の底からどんどん湧き出てくるくらいだ。

先生は不意に押し黙ると、さっきから店の隅っこで商品のローブを着ようと悪戦苦闘しているリリィに視線を向けた。

「────あの子、どうしたんだい」

一瞬で、先生が気付いてると分かった。

「リリィは孤児だったんだ。一年前から俺が育ててる」

「可愛いですよねリリィちゃん。水色の髪もお洒落で。ああいうエルフもいるんですね」

「生まれつき水色らしい。そういうエルフがたまにいるんだと」

「そうなんですね…………私、リリィちゃんの所に行ってきます」

リリィはローブに頭を突っ込み、袖の穴から頭を出そうと頑張っていた。店員が見かねてリリィの所へ歩き出す。

店員が充分離れたことを確認すると、先生が口を開いた。

「…………あの子、どうするつもりなんだい」

「別に何も考えてないさ。一人でも生きられるようにしてやりたい、と思ってはいるが」

普通のエルフより生きにくい人生になるのは間違いない。リリィにはいずれ訪れる困難に負けない為の力をつけて欲しいと思っている。それが、親としての役目だ。

「一丁前に親心かい」

「まあな。誰だって娘には幸せになって欲しいと願うものだろ」

俺の言葉に、先生は乾いた声をあげて笑った。問題児がいつの間にか親になっていたのが愉快だったのかもしれない。

「それはそうだ――――なら、あの子を守る為に優秀なローブがいるんじゃないかい？」

深い皺《しわ》が刻まれた顔の奥で、先生の瞳が力強く輝いた。商売人の目だ。

「それはそうなんだが…………市販品でそこまで差が出るのか？　いや、先生の腕を疑ってる訳じゃないが」

ローブの性能はその大部分が素材で決まる。それなりのコネと流通ルートを持っている高級ブランド品が優秀なのはその為で、逆に言えば技術で差が出にくい。

「そうさねえ、はっきり言ってそこまで差は出ないよ――――市販品ならね」

含みのある先生の言い方に、俺は眉をひそめた。

「…………ヴァイス、アンタあの子に良いローブ着せてやりたいんだろ？」

俺達の視線の先では、店員にローブを着せて貰ったリリィが笑顔ではしゃいでいる。可愛い。

「当然だ。帝都で一番――――いや、世界で一番のローブを着せてやりたい」

俺の言葉を聞いて、先生はニヤッと笑った。

「――――その言葉を待ってたよ。なあヴァイス…………クリスタル・ドラゴン、狩ってきてくれないかい」

「…………クリスタル・ドラゴンだと？」

――――クリスタル・ドラゴン。

それは――――『この世で最も討伐が難しい』と言われている、最強のドラゴン。

全身が魔力を吸収する結晶で覆われているそのドラゴンは…………『魔法使い殺し』の二つ名で

呼ばれていることを俺は知っている。

◆

帝都ぶらり旅から帰ってきた俺達は、商業通りで買ったお菓子を食べながらソファでくつろいでいた。

「リリィ、ちょっといいか？」

「んー？」

名前を呼ぶと、リリィがとてとてと寄ってくる。ほっぺたにはさっきまで食べていたケーキのクリームが付いていていた。

「パパな、明日ちょっと出かけないといけないんだ」

クリスタル・ドラゴンは帝国領の端、グエナ火山にのみ生息している。普通の方法で移動しようとすれば二日、改造魔法車をノンストップで走らせても三時間は掛かる。討伐する時間も考えれば、丸一日掛かると思っていた方がいいだろう。

クリームを拭き取りながら告げると、リリィは涙目になった。

「りりーおるすばん…………？」

「…………そうだ。でも一人じゃないぞ。ジークリンデおねーちゃんが遊びに来てくれることになってるんだ」

「う〜…………」

……………あれ、思ったよりテンション上がってないな。昨日は最終的に結構おしゃべりしてたような気がするんだが。

「りりーもいっちゃだめ…………？」

リリィが瞳に涙を溜《た》めて、上目遣いに見つめてくる。反射的に「いいよ」と言ってしまいそうになるが、今回ばかりは連れて行く訳にはいかない。喉元まで出掛かった言葉を俺はぐっと飲み込んだ。

「…………ごめんな。今度またお出かけしような」

「うん…………」

頭を撫でても、リリィの機嫌は復活しなかった。

その日の夜、リリィは枕を持って俺の部屋を訪ねてきた。これで二日連続だ。

「…………いっしょにねる」

ベッドに入れてやると、リリィは俺の腕を抱き締めながら眠りについたのだった。

◆

翌日。

「さて、行くか。ジークリンデ、リリィを頼んだぞ」

「任せておけ。夜には私のことをママと呼んでるさ」

「…………あんまり変なことさせるなよ」

自信満々の表情を浮かべているジークリンデとは裏腹に、俺は早くも不安な気持ちになった。

「…………ぱぱいってらっしゃい」

「いってきます。おねーちゃんとなかよくな」

脚に抱き着いてきたリリィの頭をそっと撫でてやる。

……リリィは俺から離れることに不安を感じている。しかし学校が始まればそうも言ってられない。今のうちからこういうことに慣れさせておく必要があった。寂しいだろうが…………耐えてくれ、リリィ。その代わり、最高のローブを着せてやるからな。

そんな訳で、朝うちを訪ねてきたジークリンデとバトンタッチする形で俺はクリスタル・ドラゴン討伐に出発した。

移動方法はエスメラルダ先生に用意して貰った改造魔法二輪車。普通の魔法車と違うのは、『スピードに制限がない』という所。魔力を込めれば込めるだけスピードが出る。

俺が乗れば、この世で最も速く飛ぶと言われているソニック・ドラゴンよりも速く走るだろう。

俺は先生の店で二輪車を借りると、帝都の門を潜《くぐ》りアクセルをフルスロットルで回した。

――――景色が一瞬で流れていく。魔力を車輪の回転に変換することのみに特化させた鋼鉄の馬が、唸りを上げて草原を疾駆する。

「この感覚、久しぶりだな」

学生時代はジークリンデへの借金を返済する為によく乗り回していたのを思い出す。今はリリィのローブを作る為に乗っている。十年あれば人間変わるものだ。当時の俺は、まさか十年後自分に娘が出来ているなんて考えもしなかった。

事故を起こさないように周囲に魔力を張り巡らせながら、俺はクリスタル・ドラゴンの生息地であるグエナ火山へと爆進した。

「…………どうすっかなあ」

道中で考えるのは、クリスタル・ドラゴンの倒し方だ。

まずは昨日調べた情報を整理しよう。分かりやすく魔法省の図鑑形式で思い浮かべてみる。

【名前】クリスタル・ドラゴン
【種族】ドラゴン
【体長】十メートルほど
【特徴】グエナ火山に生息するクリスタルを身に纏うドラゴン。主に鉱物を主食とし、結晶で出来た長角にエネルギーを凝縮させている。身体にちりばめられているクリスタルは魔力を吸収する性質を持ち、魔法による攻撃一切を無効化する。クリスタルの硬度は十段階評価の九。グエナ村では神の使いとして崇《あが》められている。帝国の定める討伐難易度は最高ランクのSSS。討伐記録は過去に一度しかなく、それも八十年ほど前。その時はアダマンタイトで出来た槍《やり》を使用したらしい。

…………魔法省の図書室で得られた情報はこんな所だった。

一応討伐記録があるから倒せなくはないらしいことは分かった。アダマンタイトはこの世に三種類しかないとされる硬度十の金属だが、その原料、精製方法、全てが謎に包まれている。金を積んで手に入る類のものではなく、よって俺には用意出来ない。物理攻撃で倒すってプランはナシだ。

となると自動的に魔法攻撃で倒すってことになるんだが…………御存知の通りクリスタル・ドラゴンに魔法攻撃は通用しない。クリスタル・ドラゴンが生成する鉱物には魔力を吸収する性質があるからだ。一攫千金《いっかくせんきん》を狙う数多《あまた》の魔法使いを屠《ほふ》ってきた『魔法使い殺し』の二つ名は伊達《だて》ではない。

「…………とはいってもなあ」

その話を聞いても…………俺にはどうしても自分の攻撃が無力化されるビジョンが湧かないのだった。

魔法攻撃を無力化するといっても、それは俺以外の話だろ、と思ってしまう。

魔力を吸収するとはいえ無限に吸収出来る訳がなく、単純な話、クリスタル・ドラゴンの許容量以上の魔力を流し込んでしまえばいいんじゃないか。これまでただの一人も魔法使いがクリスタル・ドラゴンに勝てなかったのは、それが出来る魔法使いがいなかったというだけの話。なら俺がその一人目になってやればいい。

魔法省の図鑑には魔法による討伐記録が追加され、俺は素材が手に入ってハッピー。リリィは最高のローブを身に纏う。まさに良いことずくめ。

さらに、だ。

エスメラルダ先生に聞いた所、クリスタル・ドラゴンの角はなんと杖の素材として最高品質らしい。それを聞いてしまえば、俺にはもうリリィの杖とローブが空を飛んでいるようにしか思えない。グエナ村で神として崇められているんだか知らないが、倒しても俺の心は痛まない。俺は善人ではないからだ。

そんな訳で、俺はクリスタル・ドラゴンの事を「まあぶっちゃけ余裕で倒せるだろ」と楽観的に考えていた。

この時は、まだ。


周辺で鉱物資源しか取れないせいで帝都より数段低い文明レベルの生活を強いられているグエナ村をスルーし、俺は無事グエナ火山に到着した。太陽が丁度真上で輝いているから…………片道三時間といった所か。概《おおむ》ね予想通りのタイムだな。

クリスタル・ドラゴンは火山地帯の中でも最も過酷な火口付近に生息していて、普通の人間ならその姿を見る事すら叶わない。標高も高いし、足元には溶岩が流れている。その辺りも討伐例が一件しかない理由の一つではあるだろう。

俺は改造魔法二輪車に魔力でコーティングを施し火山を登っていく。

…………この鋼鉄の馬は、今厳密には地面に接していない。地面に敷いた俺の魔力の上を走っているのだ。溶岩でも岩石でも何でもござれ。

斜面を走り、ひたすら登り、雲が近くなってきたな…………と思っていたその時、不意に視界が開ける。どうやら火口付近まで登ったらしく、だだっ広いスペースが目の前に現れた。

視界いっぱいに広がる黒い地面は冷えた溶岩。その上をぐつぐつ煮立った真っ赤な川が流れている。その元を辿っていけば…………また一つ少し高い山があり、真っ赤な大地の呼吸が噴き出していた。

「――――いた」

まるで大地の怒りのような、灼熱《しゃくねつ》の溶岩の上を歩いているのは――――どこか神聖な空気すら纏った白銀のドラゴン。

誰が呼んだか『魔法使い殺し』。

麓の村では『神の使い』。

俺の中では『空飛ぶリリィのローブと杖』。

――――討伐難易度SSS、クリスタル・ドラゴンがその姿を現した。

「…………待ってろよリリィ。誰もが羨むピカピカのローブ、パパが着せてやるからな」

全身に魔力を流し、俺は溶岩に降り立った。

◆

――――空中に描くのは、黄金に輝く十重《とえ》二十重《はたえ》の魔法陣。

それら全てを対象に向け直線に並べ、出来上がるのは…………一撃に込め得る魔力全てを加速と貫通力のみに特化させた――――言わば魔法版アダマンタイトの雷槍。

右手に込めた魔力が、引き絞られた弓矢のように今か今かとその時を待っている。

……………ヤバいかな。もしかしたら塵《ちり》も残らないかもしれない。恐らく帝都の外壁に撃ったら、中心の魔法省まで貫通するんじゃないか。それくらいの感触が右手にはあった。

「……………ま、いいか。別に一匹しかいない訳でもないしな」

どちらかというと火山が爆発しないかの方が怖い。ドラゴンを貫通した時に槍が地面に潜っていかないよう角度を調整してはいるが、衝撃波だけで火山が活性化しないとも限らない。

……………まあその時はその時か。とりあえず撃ってから考えよう。

「―――――ッ」

音はない。

瞬きをする間もなく―――――光速の雷槍が白銀の竜を捉えた。

……………のだが。

「―――――いやいやいやいや。おかしいだろ、何で無傷なんだよ!?」

必殺を確信し放った俺の魔法は―――――クリスタル・ドラゴンに触れるや否や、何もなかったかのように立ち消えてしまった。着弾時の衝撃もなく、本当にスッと消えてしまったのだ。

どういう素材か知らないが、あのサイズのクリスタルで吸収しきれるほど少ない魔力を込めたつもりはない。なにせ感覚値では帝都を半分貫く威力があった。

……………まさか、まさか本当に魔力を無限に吸収出来るとでもいうのか?

「……………うげ」

遠くでは、クリスタル・ドラゴンが首をもたげてこちらを睨んでいた。完全にロックオンされている。額に付いたリリィの杖が、俺に向かって真っすぐ伸びていた。

「これ…………もしかしてヤバいか？」

『ギャアアアアアアアッ!!!!!!』

弩級《どきゅう》の咆哮《ほうこう》が耳を劈《つんざ》く。

白銀の竜が、その巨軀《きょく》に見合わぬスピードでこちらに突進してくる。まだ向こうとは充分に距離があるというのに、大地は揺れ、大気に緊張が奔《はし》る。並の魔法使いならこれだけで身体が竦《すく》んで動けなくなってもおかしくない。

クリスタル・ドラゴンの攻撃は何のひねりもない体当たりだ。そのご自慢の角で、俺を突き刺してやろうとでも考えているんだろう。この世に天敵が存在しないクリスタル・ドラゴンならではの大雑把で直線的な攻撃。だが、実際それで死ぬ。

──俺以外は。

「出来れば魔法だけで倒したかったんだけどな」

認めざるを得ない。

対魔法という一点において──確かにクリスタル・ドラゴンはこの世で最強だった。俺でも敵《かな》わないんだからきっとそうだろう。となればちゃっちゃと魔法以外で倒すに限る。

クリスタル・ドラゴンとの距離はこの一瞬で半分ほど縮まっていた。あと数瞬の間に、俺は串刺しになって死ぬ。そういう未来を奴は想像しているはずだ。

「…………させるかよ」

俺は手ごろな溶岩塊を足元から拾うと、魔力を通して空中に浮かせた。昨日リリィが食べていたケーキくらいの手のひらサイズ。奴を倒すにはこれだけの大きさがあれば充分だ。

何も知らずにクリスタル・ドラゴンは真っすぐこちらに突っ込んでくる。

俺は対象との間に加速の魔法陣を三枚敷き、背中に生えているクリスタル目掛けて――――溶岩塊を思い切り射出した。

バァン！　という爆発音と共に、クリスタル・ドラゴンが大きくよろめく。魔法に対し無敵の性能を誇るクリスタルは、音速の溶岩塊と衝突し粉々に砕け散った。

「…………硬度九って別に割れにくい訳じゃないからな」

あの指標はあくまで『傷つきにくさ』を表しているに過ぎない。まあクリスタル・ドラゴンの生成する結晶は割れにくさも超一流なのだが、音速まで加速させてやれば溶岩石でも破砕させ得るという訳だ。並の魔法使いじゃそこまで物体を加速させる事は出来ないのかもしれないが、俺に出会ったのが運の尽きだ。

『グァ…………グルル…………』

『神の使い』はよろめきながらも立ち上がる。今の攻撃はあくまで背中の結晶に当てただけだ。かなりの衝撃こそあれど身体に傷はないだろう。

俺はクリスタル・ドラゴンの傍まで寄ると、付近に散らばっている結晶の破片を一つ拾い上げる。

ドラゴンは立ち上がるのに必死でアクションを起こせない。それを尻目に、俺は指先ほどの大きさしかないクリスタルにありったけの魔力を注《つ》ぎ込んでみた。

「…………凄いな、これは」

月明かりのようにぼんやりと発光する結晶は、俺の魔力を際限なく吸収していく。まるで大空に向けて魔力を放っているような途方もなさを感じる。指でつまめるほどの小さな破片にすら、俺は勝てないということか。分かってはいたがショックだった。

『ギャアァアアアアアッ!!!!!!』

痙攣《けいれん》する脚で立ち上がったクリスタル・ドラゴンが咆哮を放つ。奴の中でやっと俺は『敵』になったのかもしれない。だがもう終わりだった。

――――俺は魔力を吸収した破片をクリスタル・ドラゴンの口に放り投げる。白銀の竜は反射的にそれを噛み砕いた。

鉱石が擦れるような鈍い音が響き、クリスタル・ドラゴンの顔は跡形もなく吹き飛んだ。

「…………やっぱ体内は無耐性なんだな」

咄嗟《とっさ》に張った魔法障壁を解除して、ひとりごちる。一応俺の魔力で倒したんだが、これは『魔法で勝利した』という事にならないだろうか。多分ならないよな。試合に勝って勝負に負けた、みたいな気分で悔しさが残る。

「…………あ」

足元を見て…………背筋が凍った。

リリィの杖にしようと思っていた長角が、爆発のせいで粉々に砕け散っていた。素材として使えそうな大きい破片を探すも、見当たらない。

「…………これは…………もう一匹か…………」

途端に肩が重くなる。

…………確かローブは羽の部分を使うと言っていたか。俺は魔法鞄《かばん》に素材を収納すると、がっくりと肩を落としながら魔法二輪車の方へ踵《きびす》を返《かえ》した。

まあ…………口内にぶち込めば魔法だけで倒せることは分かったしな。次は上手くやれるだろう。貫通させれば角も綺麗に残るだろうし。


…………結局俺は次のクリスタル・ドラゴンを見つけるのに四時間掛かり、帝都に帰ってきたのはすっかり暗くなった頃だった。

久しぶりの長距離運転で身体は疲れているし、ジークリンデとリリィが上手くやっているかも気になる。直帰したい所だったが、残念ながらエスメラルダ先生の店に寄る必要があった。借りていた魔法二輪車を返さないといけない。

表に二輪車を停《と》めてクリスタル・ドラゴンを狩ってきた事を伝えると、先生は小さな紙を俺に寄越してきた。見れば簡素な地図が記載されている。放射状に広がる特徴的な道から、帝都の地図だと予想出来た。

「これは？」

「私の工房さね。ドラゴンの素材、まさかここで広げる訳にもいかないだろう？」

込めた魔力の分だけ収納量が増える魔法鞄にクリスタル・ドラゴン二頭分の素材を突っ込んできたものの、エスメラルダ先生の店には十メートル超級のドラゴンを広げられるスペースはどう考えてもなかった。地図に記載されている場所で素材の受け渡しをするということらしい。

「…………実は二頭狩ってきちまったんだが大丈夫か？　一頭目は角まで破壊しちまってさ。二頭目探してたらこんな時間になっちまった」

俺の言葉に、エスメラルダ先生は眉一つ動かさない。顔中に刻まれた深い皺はまるで巨木の表面のように泰然としている。

「十メートル程度だろう？　一頭増えた所で問題ないけれどね、そんな沢山持ってきてどうするつもりなんだい？　ローブ一着作るだけなら片翼で充分だよ」

「そっちで引き取って貰う事は出来ないか？」

「馬鹿言うんじゃないよ。そんな金持ってるように見えるかい」

「持っていないのか？」

「持っているに決まってるじゃないか」

「…………おい」

相変わらず、息をするように嘘をつく。

「だが、クリスタル・ドラゴンの素材に相場なんかないんだよ。市場に出回る事が殆どないからね。寿命を迎えた個体が運よく発見された時だけ、極少量が流れてくるのさ」

「そういうものなのか」

魔法省で見た情報によるとクリスタル・ドラゴンの寿命は百年以上。個体数も多い訳ではないから、素材をお目にかかれる事なんてもう殆ど絶無に近いのではないか。

「有名ブランド工房に持ってきゃ言い値で買ってくれると思うけどね、『フランシェ』が毎年自分とこの工房の技術力アピールの為にマジックドレスを発表してるから、一番高く買ってくれるのは『フランシェ』かもねえ。クリスタル・ドラゴンの素材を使ったドレスなんて、何よりの話題になるはずだからね」

マジックドレスという言葉に聞き覚えはないが、恐らく魔法的な加護が施されたドレスの事だろう。戦闘においてはドレスなど邪魔でしかない為、恐らく見て楽しむ類のものだと思うが………興味がない訳ではない。

クリスタル・ドラゴンの素材を使用した白銀のドレスを着たリリィを想像すると、ついにやけてしまう。喜ぶリリィの笑顔が目に浮かぶようだった。

「なら一頭は『フランシェ』に持ってく事にするか。金はいらないが、マジックドレスとやらには興味がある」

そう言うと、先生は俺の脳内を見透かしたように笑みを作った。

「ヒッヒッ、悪ガキだったお前も変わるもんだねえ………」

「別に、変わったつもりはないけどな」

なにせ『神の使い』を一日に二頭も倒した男だ。グエナ村では今頃悪魔だと言われているかもしれない。

◇

「…………ん…………」

瞼《まぶた》に感じる柔らかな朝の温《ぬく》もりが私を夢の世界から連れ戻す。枕元から手探りで眼鏡を探し当て目を開けると、精緻に作り込まれたベッドの天蓋から降り注ぐ白いレースのカーテンが視界いっぱいに広がっていた。

私は憎らしげにそれを見つめ、小さく息を吐いた。

「……………どうして夢というものは、いつも肝心な所で覚めるのだ」

今この瞬間も急速に覚醒していく頭の底の方で、ぼんやりと幸せな夢を見ていた感触がある。

確かヴァイスが私をデートに誘ってくれたのだ。いや、私から誘ったのだったか。とにかく私たちは幸せそうにどこかを歩いていた。ああもう、どうして忘れてしまうんだ。

今から寝たら夢の続きが見られやしないか——そんな考えがよぎりはするが、そう上手くいかない事は身に染みている。頭を振って上半身を起こすと、もう夢の欠片は完全にどこかに消えてなくなってしまった。この数年間、もう何度も繰り返した甘い夢との決別。

幾度経験しても慣れはしないが、だが最近は、現実もそう捨てたものではないと思っている。

——「ヴァイス・フレンベルグと名乗る男が会いたがっている」と連絡があった時は、流石に驚いた。

『ヴァイス・フレンベルグ』といえば十年前から魔法省が探している男の名で、それは当然門兵にも周知されているはずなのだが、門兵も忘れてしまうくらいには彼の存在は風化していた。それも仕方のないことで、十年間全く足取りの掴めなかった男をわざわざ予算を投入して探す余裕は魔法省にもないのだ。未だに熱心に彼を探していたのは、恐らく私しかいなかったのではないか。

……………なにせ十年だ。

十年という歳月は、魔法省の新人職員だった私を長官補佐にするほどには長い。

使える権力は日に日に増えていく。

私に頭を下げる人間が日に日に増えていく。

私しか知らない事が、日に日に増えていく。

――――けれど、ヴァイスは見つからなかった。

実家フロイド家の財力と魔法省長官補佐の権力、さらに陰で組織している私兵の武力。それら全てを総動員しても、この十年間彼の噂は全く集まらなかった。目撃情報の一つすら私の耳に入ってこなかったのだ。一体この十年、奴はどこで何をしていたのか。

いい事ばかりではないのだろうな…………と私は推測する。

何故なら学生時代のヴァイスは別に優等生ではなかったからだ。寧ろ、その逆と言っていい。成績こそ私を差し置いて首席だったものの、その素行はお世辞にも良いとは言えなかった。

……………学生時代を思い返せば、ヴァイスとの記憶ばかり蘇《よみがえ》ってくる。魔法学校において中心人物ではなかった私の学生時代の思い出といえば、その殆どがヴァイスと共に行動した時のものだ。

ヴァイスは当時から『帝都の歴史上一番の天才』などと持《も》て囃《はや》されていて、その気安い性格も相まって学校では人気者だった。常に人に囲まれていたヴァイスは、基本的に一人で過ごしていた私とは正反対の存在だった。

「お前、眼鏡外したら可愛いじゃん。似合ってないぞこれ」

――――あれはいつだったか。

場所は魔法学校の大図書館だったと思う。当時の私は暇さえあれば大図書館に籠もり魔法書を読《よ》み漁《あさ》っていた。知識を蓄えるのは好きだったし、首席で卒業するよう親に言いつけられていた事も多大に影響していた。

「…………うるさい。眼鏡を返せ」

ああそうだ、そういえば私は最初、ヴァイスの事が嫌いだったのだ。ヘラヘラしているのに、私より成績の良い唯一の男。ヴァイスの存在は私にとって大きな目の上のたんこぶだった。嫉妬も混ざっていたように思う。

「髪型ももっと気を使ったら良いと思うけどな。勿体《もったい》ないぞ」

そんなヴァイスが、ある日大図書館にやってきたかと思えば、私の眼鏡を持ち上げそう言ったのだ。二人きりで話をするのはこの時が初めてだった。

「お前ずっと勉強してるよな。遊びとか興味ないわけ？」

ヴァイスは私の眼鏡を手で弄びながら言う。

「遊びだと？　下らん。私にはそんな事をしている暇はない」

「ふうん。ジークリンデ、お前クラスの奴らに『魔法書の虫』って言われてるんだぞ」

「事実だろう。構わないさ。それより早く眼鏡を返せ」

「ほいほい…………また気が向いたら来るよ」

ヴァイスは眼鏡を返すと、軽い足取りで大図書館から出ていった。私はその背中に色々な感情の籠もった言葉を吐き捨てた。

「…………二度と来るな」

結局それからヴァイスは割と頻繁に大図書館にやってくるようになり、共に過ごす時間が増えた私達はたまに一緒に帰るようになり、いつの間にか私は少しずつヴァイスに心を許すようになっていた。

初恋だった。

◇

「ジークリンデ、お前表情が硬いんだよ。リリィが怖がるのも無理ないって」

昨日、ヴァイスに言われたことを思い出す。

…………私の顔に可愛げがないのは承知していた。恐らくトントン拍子で出世したことに対するやっかみもあるのだろうが、職場でも仏頂面だの無愛想だの散々言われてきた。その手の揶揄《やゆ》は慣れたもので、今更反応する気にもなれない。

だが、想い人に言われると流石にショックだった。

「…………笑顔か」

部屋の鏡の前で、頬に指を当ててみる。

「…………」

口は笑っているのに目は全く笑っていない、見世物小屋のピエロみたいな不気味な顔の私がそこにいた。

「……そもそも面白くないのに笑えるものか」

私は首を振ると、支度をしてヴァイスの家へと向かった。今日は朝から子守を頼まれている。


自信満々にヴァイスを見送ったはいいものの、はっきり言って子守をする自信は全くなかった。自分が子供に好かれる質《たち》ではない事はこれまでの人生で重々承知している。魔法省代表として参加した魔法学校のイベントで、下級生全員に泣かれたら流石の私でも気が付くというものだ。あれ以来私は魔法学校に呼ばれなくなったしな。

完全に無為無策の私だったが、唯一の救いはリリィが勝手に遊んでくれていることだ。どうやら私は見ているだけでよさそうだ。

「りりーおえかきするー！」

リリィがドタバタとリビングを走り回ったかと思えば、紙と鉛筆を持ってテーブルに齧《かじ》りついた。

傍に寄り手元を覗いてみる。子供ならではの大胆な筆致で紙に何かを描いているが、それが何なのかは皆目見当もつかなかった。新種の魔物か何かだろうか？

「それは、何を描いているんだ？」

「じーくりんでおねーちゃん！」

「…………そうか」

新種の魔物だと思ったものはどうやら私らしい。しかしその情報を踏まえた上で改めて覗き込んでみても、やはりその全容は掴めない。一体どこが頭でどこが身体なのか。私は赤髪だが、その絵に赤色は使われていないように見えた。

「…………」

――――この独特な感性を持つハイエルフの少女は、ヴァイスの娘らしい。

改めてその事実を認識してみても、それは余りにも現実味がないのだった。

あいつはいつでも私の予想を飛び越えて、そして私を困らせる。

けれど何故だか…………それを心地よいと感じてしまう私がいた。

お腹が空《す》いたと騒ぐリリィを連れて、私は行きつけのカフェにやってきた。商業区画のメインストリートにあるこの店は今帝都で一番人気のカフェと言っても過言ではなく、決して広くない店内は老若男女種族様々な客で賑わっている。私達が来た時はすぐ入れたのだが、いつの間にか外には入店待ちの列が出来ていた。

「もぐもぐ…………うまうま…………」

リリィはフォークとスプーンを器用に使い、シロップがたっぷりかかったパンケーキをどんどん口に運んでいく。パンケーキはこの店の看板メニューで殆どの客がこれを注文するんだが、生憎《あいにく》私は食べた事がない。甘いものはそこまで好きではなかった。

「美味いか？」

「うん！　ぱんけきふわふわ！」

頰をシロップでべたべたにしたリリィが私に笑顔を向ける。笑顔を返したつもりだが、果たして私はちゃんと笑えているだろうか。

「リリィちゃんはパンケーキを食べたのは初めてなのか？」

「うん。りりーぱんけきはじめて」

「…………そうか」

私は頭をフル回転させる。

……………パンケーキ自体は珍しいメニューではない。魔法省の仕事で他の街や村に足を運んだ際、現地のカフェのメニューに載っているのを何度も見た。

意外な事にヴァイスはリリィの事を甘やかして育てているようだったから、どこかの店でこの手のメニューを一度は頼んでいる方が自然だ。リリィがパンケーキを食べた事がないというのは、少し引っかかった。

「リリィちゃんはこういう店に来たことはあるのか？」

私がそう問うと、リリィは店内をきょろきょろ見回した。

「えっとね、ほろおねーちゃんのおみせと、ろれっとおじちゃんのおみせはいったことあるよ！」

「…………ホロおねーちゃん？　ロレットおじちゃん…………？」

「りりーね、ほろおねーちゃんだいすき！　やさしくてね、ぱぱとなかよしなんだあ」

「なんだと」

リリィは顔を綻ばせて『ホロおねーちゃん』について楽しそうに話してくれる。懐いていたんだろうことは、顔を見るだけで分かった。

…………そんなことより。

「…………そのホロおねーちゃんというのは、パパとどういう関係だったんだ？」

…………ヴァイスと仲がいいだと？

まさか――――そういう関係だったりしたのか？

頭を振って嫌な想像を打ち消す。一瞬の事だったが、それは私の想定以上に心に苦いものを残した。

「んーっと…………ほろおねーちゃんはふくやさんでね、りりーのふくはほろおねーちゃんがくれたんだよ」

「…………なるほど」

リリィの話が思ったより牧歌的だったので私はほっと胸を撫で下ろした。どうやら一緒に生活していた、などという爛《ただ》れた関係ではないらしい。恐らく単なる店員と客の関係だろう。

「リリィちゃんはここに来る前はどこに住んでいたんだ？」

私はすっかり気を抜いて、本当はヴァイスに直接訊こうと思っていた質問をリリィにしてしまっていた。

「えっとね……――とんでもない爆弾が落とされるとは夢にも思わず。

「えっとね…………ぜにす？　っていうところにすんでたよ！」

「…………ゼニス…………だと…………？」

ゼニス。

それは――――この世界のどこかにあると言われている、悪人の街の名前だった。

◆

「帰ったぞー」

「ぱぱ！」

玄関のドアを開けるとリリィがぱたぱたと走ってきた。手を広げて待ち構えると、思い切り胸に飛び込んでくる。俺はリリィを抱っこするとリビングに向かった。

「…………ヴァイス。遅かったな」

リビングではジークリンデがソファに座って本を読んでいた。本に顔を向けたまま、流し目で俺に視線を向けている。テーブルの上にはリリィが描いたと思しき絵が散らばっていた。ちゃんと子守しててくれたみたいだな。

「獲物を見つけるのに手間取っちまってな。今日はリリィを見てくれて助かった」

「構わないさ。私もリリィちゃんと仲良くなりたかったからな」

ジークリンデは本を閉じて立ち上がるとこちらに歩いてくる。慣れない事をしたせいか、顔には少し疲労が浮かんでいた。

「少しは仲良くなれたか？」

「それは…………どうだろうか。まだママとは呼んでくれないが」

「そりゃそうだろ。俺だってパパと呼んでくれるまでどれだけかかったか」

初めてパパと呼んでくれた夜は、リリィが寝た後ベッドで一人涙を流したくらいだ。あれは感動したな…………

「りりーね、じーくりんでおねーちゃんすき。ぱんけきたべさせてくれた！」

「だとよ？」

「…………出費の甲斐はあったようだな」

ジークリンデは平静を装っているつもりだろうが、よく見れば口の端が上がっていた。子供の素直な好意をぶつけられ、嬉しさ半分戸惑い半分といったとこか。

「では私は帰る。また何かあったら呼んでくれ」

ジークリンデは俺の横を通り過ぎ、家から出ていった。

「じーくりんでおねーちゃん、ばいばーい！」

玄関まで見送ると、リリィはジークリンデの背中が見えなくなるまで手を振っていた。

◆

翌日。

リリィを連れて、俺は『フランシェ』本店を訪れていた。余ったクリスタル・ドラゴンの素材でリリィのドレスを作って貰う為だ。

商業通りのメインストリート、その一番華やかな区画である高級ブランドが立ち並ぶ通りの一角にフランシェ本店はある。俺が学生時代やらかしてしまったという『ガトリン』本店跡地、現『ビットネ』本店の隣にあるのがフランシェ本店だ。

石造や木造の武骨な建築物が多い帝都だが、この区画の建物は珍しい素材を使ったものが多く、見ているだけでも退屈しない。色とりどりの魔石がちりばめられたフランシェ本店はその最たる例で、女性人気が圧倒的に高いブランドとなっている。

俺は近くにいた店員を捕まえて、事情を話すことにした。

「ク、クリスタル・ドラゴン…………ですか!?」

「そうだ。首から上は吹っ飛ばしちまったんだが、それ以外は綺麗に残ってる。引き取って貰いたいんだが」

「す、すみませんっ、少々お待ちください！　上の者に相談して参りますので…………！」

圧倒的に見た目重視です、と言わんばかりのひらひら満載ローブに身を包んだ女性店員は、驚いた表情を浮かべ、急いで奥に引っ込んでいった。

「ぱぱ、りりーあれみたい！」

リリィがぐいっと俺の手を引っ張る。リリィが指差す方向に目を向けると、広い店内の中央に真っ赤なドレスが飾られていた。店内は全体的にお洒落な雰囲気が漂っているが、中でもそのドレスは群を抜いていた。まるで貴族が着るような豪華なドレス。あれがマジックドレスとやらだろうか。

「よし、見に行ってみるか」

「おー！」

ドレスの周りには手を触れられないようにロープで仕切りが作られていて、その周りを数人の女性客が囲んでいた。その誰もが瞳をうっとりとさせてドレスを見つめている。俺は空いているスペースを見つけるとそこに身体をねじ込んだ。

「ふおぉおお…………！」

ホロに貰った服の中にはドレスチックな物もありはしたが、流石にレベルが違う。

恐らく人生で初めて見る本格的なドレスに、リリィは口を思いっきり開けて目を奪われていた。気を抜くとロープの下を潜っていこうとするので、俺はぎゅっと手を握り直した。

「…………凄いな、これは」

服にはあまり興味がない為、例えばドレスに縫い取られている花柄の刺繍《ししゅう》や、腰の辺りに付いているブーケのようなものがどれほどの技術の末に作られているのかは分からないが、そんな事など分からなくても声をあげてしまうくらいにはそのドレスは綺麗だった。随所にちりばめられている魔石もよく見れば緻密なカットが施されていて、見事にドレスの華やかさを際立たせている。

「一般の服に比べて、魔法具のローブはダサい」という当たり前でどうしようもない事実を覆してしまうような、そんなドレスだった。

「――――お気に召されましたか？」

背後から声を掛けられる。

振り向くと、そこには先程の女性店員とエルフの女性が立っていた。服装からエルフの女性も店員だという事が分かる。エルフは人間より長寿で見た目の加齢変化も遅く、その女性は人間であれば四十歳ほどにしか見えないが、恐らく百年は生きているだろう。俺は一時期エルフの国に滞在していたことがあるから、エルフの年齢当てには自信があるんだ。

エルフの女性が一歩前に進み口を開く。勿論髪は緑色だ。

「クリスタル・ドラゴンの素材を提供してくださるというのは、お客様で間違いないでしょうか？」

「そうだ。アンタは？」

「申し遅れました。『フランシェ』のメインデザイナーを務めさせて頂いております、オーレリアと申します」

オーレリアは恭しく頭を下げた。

「メインデザイナー？　なら、このドレスもアンタが？」

「はい。私がデザインさせて頂きました」

「凄いドレスだなこれは。アンタになら喜んで素材を提供したい」

「恐縮でございます。それでは、詳しい話をさせて頂きたいのですが奥によろしいでしょうか？」

「構わない――ほらリリィ、おねーさんと一緒に行くよ」

「ふおぉおお…………！」

足が地面にくっついてしまったかのようにドレスの前から動こうとしないリリィを引きずって、俺はオーレリアの背中を追った。


オーレリアに連れられて俺達は応接室に通された。ソファとテーブルがあるだけの簡素なレイアウトだったが、家具の質は魔法省の応接室より高い。『フランシェ』は魔法具ブランドの中ではトップという訳ではないが、それでも随分儲かっているらしいな。

「ふかふか、ふかふか」

「リリィ、大人しくしててな」

ソファの上で飛び跳ねるリリィを注意して大人しくさせる。リリィはじっとしていられず、ソファの上で身体をムズムズと動かす。

…………うーん、学校の授業が不安になってきたな…………

リリィはこれまで集団生活というものをした事がない。落ち着きがなくて授業中に迷惑をかけてしまわないだろうか。

「お待たせ致しました」

何事か準備をしていたオーレリアが俺の対面に腰を下ろした。テーブルの上に書類を数枚並べて、俺に差し出してくる。素材売却関係の契約書だろうか。書類に目を落とすと、やはりそのようだった。一度売却した素材は何があっても返還出来ない事や、売却額を他言しない事などが記載されている。

「うーん…………？」

リリィがテーブルに身を乗り出し書類に顔を近付けるが、きっと内容は理解出来ないだろう。日常会話で使用する言葉とこういう契約書の言葉は全く別物だからな。いくら知能の高いハイエルフとはいえ、教えていないことまでは分からない。

「契約書の説明の前に、物品を確認させて頂くことは可能でしょうか？」

オーレリアの真っすぐな視線が俺に向けられる。一見何の感情も感じさせない商売人の瞳だが、実際はそうではないはずだ。見ず知らずの若造が「討伐ランクＳＳＳのクリスタル・ドラゴンの素材を売りたい」といきなり訪ねてきて、何の疑いもなく信じる事はありえない。

「この中に入ってる」

俺は魔法鞄をテーブルに載せた。一見すると何の変哲もない鞄だが、持ち主の魔力に応じて収納量が増える優れもの。持ち主以外が魔力を通すと中に何が入っているかが分かる。

「失礼致します」

オーレリアは断りを入れ、魔法鞄に手をかざした。

「…………ッ」

――――眉を動かしたのは、内心ガセだと決めつけていたからだろうか。

「確認出来たか？」

「…………ええ、確かに。二体入っているようでしたが…………」

「頭が無い方を引き渡したい。角は使う用事があるんだ」

「…………承知致しました」

オーレリアの言葉には先程までのキレがない。視線を忙《せわ》しなく動かして何かを考えているようだ。

何を考えているのかは、まあ大体予想がついた。

討伐記録が殆どないクリスタル・ドラゴンをどうやって倒したのか？

引き取ってもトラブルは起きないか？

目の前の男は何者なのか？

…………果たして、どれほどの金額になるのか？

頭脳明晰《めいせき》なエルフだからこそ、多数の疑問が頭の中を駆け巡っているのだろう。

「…………それでは、買取金額についてなのですが――――」

頭の中の疑問にある程度決着をつけたのか、口を開いたオーレリアを俺は制した。

「金はいらない。その代わり条件があるんだ」

「…………条件？」

オーレリアが眉をひそめて身構える。クリスタル・ドラゴンがタダになる条件とは、一体どんな無理難題を言われるのかと考えているのかもしれない。

「まずはこの素材の使い方についてだ。『フランシェ』では毎年マジックドレスを発表しているな？」

「ええ……仰《おっしゃ》る通りです」

「次のマジックドレスはクリスタル・ドラゴンの素材で作って欲しい。可能か？」

「……なるほど」

オーレリアは僅かに眉を動かし、魔法鞄に視線を落とした。

「――私もそのつもりではいます。初めて扱う素材ですので、お約束は出来かねますが」

「それで構わない――もう一つの条件だ。マジックドレスが出来たら、同じものをリリィの為に作って欲しい」

「りりー？」

急に名前を呼ばれたリリィが俺の方を向いた。そうだぞ、今リリィに着せるドレスの話をしてるからな。楽しみに待っててくれよ？

「……え、っと……それだけ、ですか……？」

「そうだ。リリィのドレス姿が見たくてな。素材が足りないというならまた狩ってくるが」

「足りないという事は……ですが、本当によろしいのですか……？」

「問題ないさ。親子二人で生活するのに、金はそこまでいらないからな」

ジークリンデが家をタダで譲ってくれたお陰で、貯金もそれなりにあるしな。

「りりーどれすきれるの!?」

話をふんわり理解したらしいリリィが、期待の籠もった眼差《まなざ》しで俺とオーレリアを見る。

「喜べリリィ、このおねーさんがリリィのドレスを作ってくれるって」

「っ〜〜〜…………！　りりーおひめさまになれる？」

「ああ、素敵なお姫様になれるぞ」

「えへへ…………りりーおひめさま…………」

ソファの上でリリィがテンションを爆発させた。

「ほらリリィ、ソファの上で跳ねちゃダメ」

「わわっ」

テンションが上がって暴れ始めたリリィを膝の上に抱えて、俺は契約書にサインしていった。


「リリィの採寸をしたい」と言うオーレリアにリリィを預け、俺はエスメラルダ先生の工房を訪れていた。採寸が終わったら店内を案内してくれるらしいので、リリィもきっと退屈せずに済むだろう。なにせ『フランシェ』は女性人気ナンバー1ブランドだ。

帝都は上空から見れば綺麗な円の形に広がっていて、中央に位置している魔法省を中心に栄えている。となれば当然、円の外側になればなるほど人口密度は低くなっていき地価も下がっていく。工房の倉庫はそういう場所に作られる事が多い。エスメラルダ先生の工房もそういった倉庫地域の一角にあった。

商業通りにあるこぢんまりとした店とは違い、こちらはとにかくだだっ広い。十メートル以上あるクリスタル・ドラゴンを広げてもまだ余裕があった。

「綺麗に殺《や》ったもんだねえ」

床に横たわったクリスタル・ドラゴンを見て先生が呟いた。口の中から細い魔法を貫通させた為、傷は殆どない。完品と言っていいだろう。

「こいつ、口の中は魔法耐性がないんだよ。『魔法使い殺し』ってのは誇大広告だったたって訳だ」

「…………口内が弱点だった所で、普通の魔法使いには難しいと思うけどねえ。基本的に魔法の威力は大きさに比例するのは知ってるだろう？　魔力を凝縮させて威力を向上させる『収束魔法陣』なんて学校じゃ教えないのに、一体どこで覚えてくるんだか」

「魔法省で見た本に載ってたんだ。学生時代は魔法省に通ってたからな」

借金返済の為に東へ西へ、ってな。

「────ああ、『ガトリン』を出禁になった件だろう？」

「どうして知ってるんだ？」

「そりゃあ店から学校に連絡が来たからね。お宅の生徒がうちの商品全部ダメにしました、ってさ」

「…………マジか」

金を肩代わりしてくれたジークリンデがさらっとしていた事もあって、当時は何とも思っていなかったんだが、まさかそんな大事になってたとは。もしかして親にも連絡いってたのかな。近々実家に顔出しに行こうと思っていたし、その時に訊いてみるか。

「それじゃあリリィのローブ、よろしく頼む」

クリスタル・ドラゴンの引き渡しが終わった以上、もうここに用事はない。長居したら何か面倒事を押し付けられそうでもある。俺は踵を返し、工房から出ようとした。

「ちょいちょい、忘れものさね」

「？」

先生に呼び止められ振り向くと、クリスタル・ドラゴンの角の先端が目の前にあった。慌ててそれを受け止める。角を折った音が全く聞こえなかったが……先生もまだまだ現役ということか。

「どうして俺に？　杖も作ってくれるんじゃないのか？」

話の流れ的に、てっきりそういう事だと思っていたんだが。

俺の言葉に先生は大きくため息をついた。

「馬鹿言ってんじゃない、こちとらローブ屋だよ。クリスタル・ドラゴンの角なんて扱える訳ないだろう。知り合いの杖職人を紹介してやるから、そこに持って行きな」

先生が紙に何かを書いて手渡してくる。見れば、住所と紹介文が記載されていた。『こいつの力になってやってくれ　エスメラルダ』そんな文章が殴り書きされている。

住所は帝都の外れの方だった。今日はリリィを迎えに行かなければいけないし、訪ねるのは明日にするか。

俺は先生に礼を言って工房を後にした。

「ぱぱ！　みてみて！」

フランシェに戻ると、おしゃれ魔法使いになったリリィが駆け寄ってきた。恐らく商品だろう、私服の上に黒いローブを羽織っている。よく見るとそのローブには赤いリボンがいくつか縫い付けられていて、シンプルなのにちゃんと女の子らしい。新しく魔法学校に通う年代の女の子にぴったりなデザインに思えた。流石は女性人気ナンバー1魔法具ブランド。

リリィは俺の前で立ち止まると、くるっとターンした。ローブが風を受けてふわっと膨らむ。その様子は端的に言って天使だった。

「リリィ、可愛いぞ」

「えへへっ」

にやけそうになる口元にぎゅっと力を込めて、リリィの頭を撫でる。

奥の方から店員が歩いてくるのが見えた。

「すみません、リリィちゃん可愛くて。色々着せちゃってます」

「いや、こちらこそ見て貰って申し訳ない。リリィ、おねーさんにありがとう言ったか？」

「うん！　いっぱいいったよ！」

リリィはこの短時間で若い女性店員に懐いたらしく、屈託のない笑顔を向けている。店員もリリィの笑顔を見て顔を綻ばせた。

…………フランシェのローブを着たリリィはとても可愛くて、正直このままローブを買って帰りたい気持ちになりかけもしたが、そういう訳にもいかない。今頃先生が必死にクリスタル・ドラゴンの素材をバラしてくれている。クリスタル・ドラゴンのローブを身に纏ったリリィは、それこそ本当の天使くらい可愛いはずだ。

「――――よし、リリィ。そろそろ帰るぞ」

「うん！　てんいんおねーちゃん、ばいばい！」

「リリィちゃん、またいつでも来てね」

リリィからローブを回収した店員が店先まで出て見送ってくれる。

…………また何かあったらフランシェで買い物しよう、と心に決めた瞬間だった。

◆

「エスメラルダ先生の印象は？」と訊かれれば、魔法学校の卒業生全員が「ヤバい人」と答えるだろう。

魔法の実践授業では教室を吹き飛ばし、実地演習では未許可での討伐が禁じられている希少な魔物を跡形もなく消し飛ばし、何よりここ三十年見た目が変わっていないらしい。

こぢんまりとした老婆ではあるのだが、どういう訳かその姿をずっとキープしている。確かに俺が卒業した時とリリィを連れて帰ってきた時で、外見が変わっているようには見えなかった。人間にしか見えないが、実はエルフだったりするのだろうか。エルフだとしても、三十年全く見た目が変わらないという事はないはずだが。

そんな訳だから「知り合いの杖職人がいる」と言われても、どうしても身構えてしまう。類は友を呼びがちだし、エスメラルダ先生から紹介されるような人物という時点でまともとは思えない。クリスタル・ドラゴンの角を加工出来る技術を持っている点もその予感を加速させる。

リリィにはこの世界の綺麗な所だけ見て生きて欲しい。当然俺は一人でその杖職人の所へ行こうと思っていたのだが――

「おるすばんやだ！　りりーもおでかけいく！」

――両手を広げ玄関でとおせんぼうするリリィを説得する事が出来ず、俺は渋々リリィを連れて杖職人の元を訪れていた。杖職人の工房は帝都の外れといってもエスメラルダ先生の工房とはまた別方向にあり、帝都を周遊している魔法バスを利用してもそれなりに時間が掛かった。

「本当にこんな所に工房があるのか…………？」

地図の辺りは、一言で言うと「廃墟《はいきょ》の群れ」だった。半分崩れたような建物がまばらに並んでいて、罅《ひび》割《わ》れた道には瓦礫《がれき》やら木材が散乱している。一瞬ゼニスに戻ってきたのかと錯覚するが、間違いなくここは帝都。まさか帝都にもこういう暗黒街があるなんてな。

「ぱぱ…………りりーちょっとこわい…………」

「抱っこするか？」

「ん」

俺の服の裾を摑んで歩いていたリリィを抱っこすると、リリィはぎゅうっ…………と俺の身体にしがみついた。流石に襲われる事はないだろうが、警戒はしておいた方がいいだろう。ここは間違いなく帝都の中で一番治安が悪い地区だ。

「…………一応人は住んでるのか」

人の営みがあるようには見えないが、ちらほらと人が歩いている。着ている服は皆一様にボロボロで、中には靴を履いていない者もいる。道理でバスが近くまで行かない訳だ。道も通れなければ、そもそもこんな所に用がある人間など皆無だろう。

ジロジロと向けられる視線を無視しつつ歩いていると、ついに地図の場所に辿り着いた。

「ここか…………」

その建物は周囲の家だったものよりもまだ辛《かろ》うじて建物の形を保っていた為、そこが目的地だと分かった。看板もなければ呼び込みもいない。このオンボロ小屋が工房だと判断するのは外見からでは不可能だろう。

「邪魔するぞ――――」

そのまま取れてしまうんじゃないかと不安になりながらドアを開け、中に入ると、そこには見違えるような立派な工房が――――という事もなく、テーブルとベッドがぽつんと置かれているだけの埃《ほこり》っぽい部屋があるだけだった。

…………何が工房だ。エスメラルダ先生、まさか冗談を言った訳じゃないだろうな？

「――――ぁんだァ…………？」

地の底からしわがれた声が聞こえてきた。よく見れば、床に小汚い爺が転がっている。ボロボロの服に、いかにも「酒で太りました」と言わんばかりの膨れた腹。ベッドがあるのにどうして床で寝ているのか…………きっと酔ってそのまま寝てしまったんだろう。すぐ傍には空になった酒瓶が転がっていた。

「エスメラルダ先生の紹介で来たんだが。凄腕《すごうで》の杖職人というのはアンタの事か？」

爺はのっそりと身体を起こした。てっぺんほどまで禿《は》げ上《あ》がった頭に、壁の隙間から差し込んだ光が反射して光る。

「エスメラルダだぁ…………？　こりゃまた懐かしい名前だなァ。いかにも俺ァ帝都一の杖職人だが……ガキ連れたお坊ちゃんが一体何の用だ？」

爺の鋭い目が俺を射抜く。決して質のいい目ではないが、刃のように研ぎ澄まされている。ただの飲んだくれオヤジという訳ではなさそうだ。

「娘の為に杖を作って欲しいんだ。クリスタル・ドラゴンの角を用意したんだが、扱える職人がいなくてな」

魔法鞄からちょっとした木材ほどの大きさの角を取り出して、爺に見せる。爺はさして興味もなさそうに薄く光る角に視線をやった。滅多に見られるものでもないはずなんだがな。

「…………確かにそれは並の職人にゃあ扱えねェな。あいつが俺を紹介するのも分かるってもんだ」

「なら――――」

俺の言葉を、汚い声が遮った。

「――――断る。こちとらもう職人は辞めたんだ。どうしても作って欲しいンなら、とびきり美味い酒でも持って来るんだな」

「…………とびきり美味い酒、ねえ」

酒なんてどれも同じだろ、と思っている俺にとってそれはなかなかの無理難題だった。帰りにエスメラルダ先生の所に寄って事情を説明したが、酒の好みまでは分からないらしく、完全にお手上げと言っていい。まさか市販の酒では満足しないだろうし。老人の名前が『ロメロ』という事だけは分かったが事態の進展には寄与しないだろう。

「ぱぱ、おさけっておいしー？」

「美味《おい》しいけど、リリィはまだ飲んじゃダメ」

「ぶー」

市場通りに寄って酒店を物色してみるが…………やはりピンと来るものはなかった。店主に訊いてみても店に並んでいる商品を勧められるだけで、有力な情報は得られない。

お酒を飲んでみたいと膨れるリリィを引きずって、俺は家に帰ってきたのだった。

――――伝説の酒、みたいな都合のいいもの…………どこかに転がってないものか。

◆

「…………心当たりはある、かもしれない」

「マジか」

リリィが寝静まった頃、魔法省の制服を身に纏ったジークリンデが訪ねてきた。仕事帰りに直接来たようで何か緊急の用でもあるのかと身構えたものの、特に用事はないらしい。

適当にもてなしながらダメ元で昼のことを話題に出してみると――――なんとジークリンデには伝説の酒に心当たりがあるらしかった。

「教えてくれないか？　とびきり美味い酒が必要なんだ」

「それは構わないが…………期待しているようなものかは自信がないぞ？」

「それでいいさ。今はどんな情報でも欲しい」

俺の言葉を受けて、ジークリンデは少し悩んだ後、ポツポツと口を開いた。

「伝説の酒ではないんだが…………うちが特別なルートで作らせている酒があるんだ」

「うちというと…………魔法省か？」

「いや、実家の方だ」

「フロイド家の秘伝酒って訳か」

「そういう事になる。父親が酒好きでな。自分で楽しむ為だけに作らせているんだ」

ジークリンデの実家、フロイド家は帝都でも有数の名家だ。詳しくは知らないが、何でも帝都創立の歴史に深く関わっているらしい。

そんな超金持ちが密《ひそ》かに作らせている酒。まさに伝説の酒と言って差し支えないだろう。

「それは分けて貰う事は出来るのか？」

俺の問いに、ジークリンデは僅かに顔を伏せた。

「…………分からない、というのが正直な所だ。父とは仲が悪い訳ではないんだが、酒に関してだけは異様に厳しくてな…………何か手土産を持っていけば交換してくれるかもしれないが」

「手土産か…………難しいな」

たとえどんな高級品だったとしても、金で買えるものなど受け取っては貰えないだろう。相手は超が付くほどの大金持ちだ。おまけに権力だってある。この世の殆どの物を手に入れられるはずだ。

「何かないか…………………あ」

いいものはないかと頭の中を探していた所、妙案が浮かんだ。思わず立ち上がりそのままキッチンに走る。棚の奥を漁り――――お目当ての物を発見した。

「ジークリンデ。これを持っていってくれないか？」

リビングに戻りテーブルの上に手のひら大の小瓶を載せると、待っていたのはジークリンデの訝しげな視線だった。

「…………なんだこれは。何かの粉か？」

「塩だ」

「塩…………？　ヴァイス、ふざけているのか？　悪いが私の父は冗談が通じる相手では――――」

「――――ただの塩じゃない。騙《だま》されたと思って渡してみてくれ。酒好きなら必ず気に入るはずだ」

――――ロレットの酒場で酒を注文するとついてくる、ロレット自家製の『ツマミ塩』。

ゼニスでは酒飲み全員がこれで酒を飲んでいた。この塩があまりに美味すぎて、フードメニューが全く売れないとロレットが嘆いていたのを思い出す。塩に何種類かの薬草を混ぜて作っているらしいが、詳しいレシピは分からない。ゼニスを発つ時、ロレットが餞別代わりに譲ってくれたのだ。

ジークリンデは小瓶を手に取り、さらさらと中身を振る。

「…………極普通の塩にしか見えないがな。一体これは何なんだ？」

「それはな――――とにかく美味い塩だ。俺はこの数年その塩で育ってきた。第二の故郷の味と言ってもいい。酒のツマミにすると抜群に美味いんだ…………それこそ中毒になるくらいにな」

「そうなのか…………怪しいものは入ってないんだろうな」

「それは保証する」

レシピなど知らないんだが、まあ大丈夫だろう。数年前から食べてる俺に異常ないしな。

「…………分かった。とりあえず持っていってみるが…………期待はするなよ？　受け取って貰えないかもしれないからな」

「ああ。その時はその時でまた考えるさ」

言いながらも俺には絶対の自信があった。酒飲みである以上、この塩の美味さに夢中にならないはずがない。

◆

翌日の晩、早速ジークリンデが訪ねてきた。

「――――これが、そうなのか？」

「そうだ。これが我がフロイド家秘伝の酒だ」

テーブルの上に置かれた透明な瓶にはラベルがなかった。商品ではない為、何かを表示する必要がないんだろう。パッと見では空き瓶に水でも溜めているようにしか見えないが、その正体は帝都で最も飲むのが難しい幻の酒である。

「それにしても…………まさか塩で交換出来るとはな」

…………ゼニス名物『ロレット塩』。

味には自信があったのだが、受け取ってくれなければ意味がない。よくもまあ帝都を代表する名家の主が、得体の知れない小瓶に入った塩を舐《な》めてみる気になったものだ。

「――――そうだ。ヴァイス、あの塩は一体何なんだ？」

ジークリンデは興奮した様子で口を開く。

「どうかしたのか？」

「どうもこうも…………父があの塩を一舐めした瞬間、取《と》り憑《つ》かれたように酒を飲み始めたんだ。酒を飲んでは塩を舐め、また酒を飲んでは塩を舐め…………はっきり言って異様な光景だった。父は結局酔い潰れるまで酒を手放さなかった」

「…………ああ、そういう事か」

それはロレットの酒場じゃ別に珍しい光景じゃない。あの塩を初めて舐めた奴は皆そういう反応をするんだ。細かく刻まれた薬草が酒の雑味を綺麗に打ち消して、いくらでも飲めてしまうような気がするんだよな。俺も目を覚ましたら酒場の床に転がっていた事がある。

「お前は舐めてみなかったのか？」

「気にはなったが…………あの父の様子を見ると何となく怖くてな」

「別に、ただ美味いだけの塩だぞ？　…………そういやお前って酒は飲めるのか？」

「嗜《たしな》むくらいだ。仕事が忙しくてな、なかなか飲む時間がないのが正直な所だ」

「そうか。なら、今度暇な時うちで飲まないか？　その時に塩も試してみようぜ」

譲って貰った塩はまだストックがある。ゼニスの話をジークリンデに聞かせてやることは出来ないが、第二の故郷に思いを馳《は》せるくらいはしてもいい頃合いだろう。

「…………そうだな。お前がこの十年、どこで何をしていたのかも気にならないと言えば嘘になる。グラスを交わすのも悪くない」

そう言うと、ジークリンデは立ち上がった。

「とりあえず、譲って貰ったのはその二本だけだ。また欲しければあの塩を持ってきてくれ。そのうち父の方から要求してきそうな気はするがな」

「分かった。簡単に手に入るものじゃないんだが、また何とか入手してみるさ。ありがとなジークリンデ」

また近いうちに、と言い残しジークリンデは玄関から出ていった。

…………あいつ、仕事が忙しいと言っていたけど、その割に頻繁にうちに遊びに来るんだよな。そんなにハイエルフの事が気になるんだろうか。

◆

ジークリンデから酒を受け取った俺は、早速杖職人ロメロの元に足を運んだ。

「――――ロメロ。おい、起きろ。幻の酒を持ってきた」

「…………ァ…………？　酒…………？」

「そうだ。これでリリィの杖を作って貰うぞ」

この前のひげのおっちゃんの所に行くと伝えたら、リリィは珍しくお留守番してると言うので、前回と違って今日は一人だ。俺と一緒にいれば万一の事もないとはいえ、この地域の治安の悪さを考えればその方がいいだろう。

ロメロは端々に埃が積もった汚いベッドからのっそりと身体を起こした。きっと掃除などしたことがないんだろう。掃除をした所で、家の壁の所々に空いた隙間から砂やらゴミが入ってくるから意味がないと思っているのかもしれない。まあ実際意味はなさそうだ。

「…………おめェは…………ああ、この前の子供連れか。エスメラルダの知り合いとかいう」

「そうだ。紹介状もある」

俺はエスメラルダ先生に書いて貰ったメッセージカードをベッドの上に滑り落とした。ロメロの濁った鋭い目が『こいつの力になってやってくれ』という先生のメッセージの上で止まる。

「…………ふン、こんなもんはどうでもいいがな。幻の酒を持ってきたってのは本当か？」

「これだ」

俺は瓶をロメロの前に差し出した。

「これは帝都のとある金持ちが自分で楽しむ為だけに作らせているものでな。勿論市場には出回らないし、滅多な事では譲って貰えない。俺はちょっとしたツテで手に入れる事が出来たんだ」

「ほう…………」

ロメロの視線が瓶に釘付《くぎづ》けになっている。メッセージカードに向けていた目とは大違いの、興味津々といった様子の瞳だ。

「もし俺の依頼を受けてくれるのなら、この酒を譲ってやってもいい」

本当は頭を下げてでも受けて貰わないといけないんだが…………交渉は下手に出たら負けだ。相手がこちらの手札に興味を示している時は特に。

「…………」

俺の言葉に、ロメロの喉がゴクリと鳴った。

「…………酒が先だ。中身がただの水だって事も有り得る。味だって信用出来ねェ。飲んでみて美味かった時だけおめェの依頼を受けてやってもいい」

「それで構わないさ。グラスはあるのか？」

「んなもんあるかよ。酒は直飲《じかの》みが基本だ」

「ちっ…………受ける前に口をつけられても困るんだよ。手出せ、そこに注いでやる」

「分かった。それでいい」

文句の一つも言われるかと思ったが、ロメロは素直に両手を重ねて差し出してきた。まだ飲んだことのない幻の酒を目の前にして俺の態度などどうでもいいんだろう。

俺は瓶を開封すると、ロメロの手にゆっくりと注いだ。嗅いだ事のない独特な匂いが部屋中に広がる。キツめの薬草のような、甘い果物のような、不思議な匂いだった。

注ぎ終えると、ロメロは獲物を前にした野生の魔物のようなスピードで水面に顔をつけた。

「ずずズっ…………こ、こりゃア…………！」

一瞬で酒を飲み干したロメロは、顔を上げると血走った目で俺を睨みつけた。

「何でも受けてやるッ！　さっさとその瓶を寄越しやがれ…………！」

「…………そんなに美味いのか、この酒」

二本とも交渉材料に使うつもりだったんだが…………こんな反応をされると味が気になるな。何とかこの一本だけで受けて貰って、残りの一本はジークリンデとの飲みに取っておくことにしよう。

「ほれ、好きなだけ飲め。だがしっかりと働いて貰うぞ」

俺が酒を差し出すと、ロメロはひったくるようにそれを奪う。瓶に口をつけるや否や瓶底を天に掲げ、酒は一瞬でロメロの中に消えていった。

◆

杖職人・ロメロの仕事は意外にも早かった。

ロメロに素材を引き渡した数日後、ローブが完成したとエスメラルダ先生から連絡を受け店に引き取りに行くと、完成した杖も一緒に渡されたのだ。素材を渡した翌日には先生の所に届けに来たらしい。

「見事なものだな、これは………」

頭部から落としただけの無骨で歪《いびつ》なクリスタルの塊が、まるで魔石のように輝きを放ち、宝石のように緻密なカットが施されていた。これはもう魔法具というより一つの芸術作品と言った方が正確なんじゃないだろうか。

手に取ると、杖は僅かにひんやりとしていた。試しに光にかざしてみると、表面に施された数多のカットによって光が乱反射し、杖は虹色に輝き出した。あの飲んだくれの爺からは想像もつかない、完璧な仕事だ。

「ロメロの奴、またあの酒を飲ませろって騒いでたよ。久しぶりの仕事にしちゃあちょっとハードだったみたいだねェ」

先生は俺の手から杖を取ると、何度か光にかざしてうっとりとした表情を浮かべた。

「綺麗だねえ………あいつの腕も落ちてなかったってことだ」

あの爺が何者なのかは分からない。

クリスタル・ドラゴンの角を加工出来るほどの技術はそうそう身に付くものではなく、それこそ有名ブランドお抱えの杖職人にでもなって、何年もあらゆる素材と格闘し続けるほどの努力と経験が必要だ。しかし有名ブランドで働いていた過去があれば、それなりに名前が広まっているはず。

ここまでの技術を持ちながら名前が知られていないのは、何か特別な事情があるに違いない。

エスメラルダ先生に訊けば何か教えてくれるかもしれないが…………ロメロの素性にそこまで興味がある訳でもない。俺は開きかけた口を噤《つぐ》んだ。

先生から杖を受け取り、ポケットに落とし込む。素材の硬度が高いからある程度雑に扱っても壊れる心配がないのが良い所だ。リリィが振り回して遊ぶ未来が見えているしな。

「ほれ、ローブも持っていきな」

先生はカウンターの上にどさっと黒い袋を載せた。デザインについては完全に任せていたから、どういう風に仕上がっているのかは分からない。

店の商品を見る限り、案外お洒落に仕上がってるんじゃないかと期待はしている。先生の作るローブは商業通りのメインストリートを歩いていても全く違和感のない最先端のデザインで、まさかこれを年齢不詳のお婆《ばあ》さんが作っているとは誰も思わないだろう。

「…………アンタ、何か失礼な事を考えてるね？　悪いけど私はまだまだ現役の乙女だよ。精々期待しとくんだね」

先生は不敵な笑みを浮かべた。見た目はともかく、その活《い》き活《い》きとした表情は確かに乙女だった。

◆

「リリィー、ローブが出来たぞー」

「！　ろーぶろーぶ！」

玄関から声を掛けると、リリィがリビングから飛び出してくる。俺が持っている袋に向かってぴょんぴょんと手を伸ばすので渡してやると、リリィは奇声を発しながらリビングに走り去っていった。

「リリィ、転んだら危ないぞ」

「だいじょーぶー！」

リビングに到着すると、リリィは待ちきれない様子で袋を開けている所だった。

袋の口から漆黒の生地が顔を出している。お、なんかいい感じっぽいぞ？

「〜〜〜ッ！」

リリィがローブを手に取り感激の声を漏らす。

ローブは袖付きの羽織るタイプだった。色は深い漆黒。てっきりクリスタル・ドラゴンの素材を活《い》かして白銀のローブになると思っていたんだが、いざ実物を目の当たりにするとこっちの方がリリィに似合っていると確信出来る。エスメラルダ先生も同じことを思って素材を染めたのだろう。

しかしクリスタル・ドラゴンの面影がないかと言われればそんな事はなく、随所にクリスタルがちりばめられているし、よく観察すれば生地全体がキラキラと煌《きら》めいている。袖先の部分など要所要所には模様が入っていて、上品さと可愛さが見事に融合していた。

「ぱぱ、ぱぱ！　ろーぶ！　じゃーん！」

「――――おお…………！」

ローブを身に纏ったリリィが俺に向けて両手を広げる。

そのあまりの可愛さに、俺は言葉を失った。

…………大丈夫なのか、これ。可愛すぎて学校で問題になったりしないか。

「可愛いぞ、リリィ」

――――今すぐ帝都に住む全員にこの可愛い娘を自慢したい。そんな強烈な衝動を何とか心の中で抑えつける。

俺は親バカじゃないからな。

第六章　リリィ、魔法使いになる

My daughter was an unsold slave elf.

帝都の魔法学校は教育の質が高いことで有名だが、それに比例するように入学するのが難しいという訳ではない。寧ろその逆で、言ってしまえば誰でも入学することが出来る。首席で卒業した俺も、入学した時は「魔法？　ナニソレ？」という状態だった。将来魔法を扱う仕事に就きたいなら、とりあえず魔法学校に入っておけば間違いないというのが帝都の住人の一般認識だ。

そして一口に魔法を扱う職業と言っても、例えばジークリンデのように魔法省に入省する者から、学生時代の俺のように依頼を受けて魔物の討伐や素材の納品を行うハンター、魔法具ブランドの職人などその選択肢は多岐にわたり、結果的に帝都の子供の殆どが魔法学校に入学することになる。

帝都に住む上で…………いや、この世界で生きていく以上、魔法と無縁で生活することは出来ないんだ。

俺はソファに座ると、自分の部屋で何やらごそごそやっているリリィに声を掛けた。

「リリィ、ちょっと来て」

「ん～？」

弾むようなリリィの声。今からお勉強だと知ったら膨れてしまうだろうか。

必ずしも魔法学校に入学する前から魔法を教えておく必要はないのだが、もしリリィが学校の授業で行き詰まってしまったら可哀想だ。魔法学校の授業は基本的に人間を始めとした一般的な種族を対象としているから、希少種であるリリィには理解し辛いという事もあるかもしれない。魔法に関する下地というか、基本的な知識は予《あらかじ》め身に付けさせておいた方がいいだろう。

そもそもゼニスにいるうちにその辺りは教える予定だったのだが、つい先延ばしになってしまっていた。ローブと杖が手に入った今が丁度いいタイミングなんだ。

「りりーがきたよー！」

リリィがリビングを走りソファに跳び乗ってくる。外では走らないように言いつけている為、その反動か家の中では元気いっぱいだった。

「リリィ、学校楽しみか？」

「うん！　りりーまほーつかいになる！」

笑顔で頷き、魔法使いのジェスチャーのつもりなのか腕をぶんぶん振るリリィだったが、そのジェスチャーが示す通り魔法使いが何なのかまでは恐らく分かっていないようだ。魔法も俺が家の中で使っているのを見たことがあるくらいで、ぼんやりとしか理解していないだろう。

「よーし、それじゃあ今からリリィに魔法を教える」

「やった！　おぼえたらりりーまほーつかいになれる？」

「勿論だ。リリィはきっと凄い魔法使いになれるぞ」

テンションが上がったリリィがソファの上で飛び跳ねた。元気が良くて大変よろしい。

魔力というものは一部の種族を除き、全員が生まれつき身体に宿している。それなのに魔法を行使出来るのはしっかりと教育を受けた者だけだ。

——それは一体何故か。

答えは簡単で、魔法を使うというのは極めて感覚的な行為だからだ。「あなたの中にはまだ知らない力が眠っているのです」と言われても、使っていないものは知覚出来ないだろう。そして、知覚出来ないものは使えない。そういうことだ。

だから、魔法を使うにはまず自分の中にある『魔力』を知覚させる必要がある。

「リリィ、目つむってみて」

「ん」

リリィが目を瞑《つぶ》ったのを確認すると、小さくてぷにぷになリリィの手を取り、前に伸ばさせる。

そのまま微弱な魔力を流していくと、リリィがくすぐったそうに身をよじった。

「なんかむずむずする」

「そのむずむずが魔力なんだ。…………むずむずを手のひらから思いっきり出すことって出来るか？」

身体にとって、他人の魔力は異物そのものだ。リリィは知覚出来ない己の魔力とは違い、体内に流れる俺の魔力を『むずむず』として捉える事が出来ている。そして俺の魔力は既にリリィの魔力を捕まえている。俺の魔力を手のひらから放出する事が出来れば、リリィの魔力も一緒に引っ張られて外に出るはず。その経験が、自分の魔力を知覚する事に繋がるのだ。

「うー………」

リリィは初めての感覚に戸惑い眉間に皺を寄せた。額には小さく汗が浮かんでいる。俺の魔力が少しずつ押されていく感覚はあるんだが、まだ上手に捉える事が出来ないようで身体の外に放出するまでには至らない。

「むずむず、でてかない………」

ぎゅう、ぎゅう………と俺の魔力が小さく押される感覚だけが断続的に続く。

非常に高い知能を持ち、魔力の扱いに長《た》けたと言われるハイエルフでも、流石に一発で上手くはいかないいか。

「………今日はここまでにするか。また明日やってみような」

俺が魔力を切ると、リリィは申し訳なさそうに下を向いた。

「ぱぱ、ごめんなさい………うまくできなくて………」

「気にしなくていいさ。学校までまだ一か月もある。ゆっくりやっていこう」

「うん………」

元気づけるように頭を撫でると、リリィは俺の膝を枕代わりにしてソファに寝転んだ。………どうやら甘えたい気分らしい。さらさらの青い髪を手で梳《と》かしていると、やがて小さく寝息が聞こえてくる。そろそろ夜ご飯にしようと思ってたんだけどなあ。

「………ふっ」

生活スケジュールは崩れたものの、俺の口には笑みが浮かぶ。『寝る子は育つ』という言葉を思い出したからだ。

◆

「むずむず…………たぁーっ！」

ぱっ、と手を伸ばすリリィ。

…………ポーズこそ立派なのだが、俺の魔力はピクリとも動かずリリィの中で絶賛待機中だ。

「ぬぬぬ～…………たぁーっ！」

…………絶賛待機中だ。

「んーーーッ!!!」

以下略。

「…………むずむずでてかない」

「うーん、難しいな」

…………リリィの魔力知覚練習は難航を極めていた。

今試している『他人の魔力で補助する方法』は魔法学校の授業でも実際に行われている由緒正しいやり方なのだが、センスのない生徒でも何度かやればコツくらいは摑んでくる。自分の魔力を知覚する所まではさほど苦労しないのだ。しかし、リリィはやればやるほど成功から遠ざかっていった。

「りりー、まほーつかいになれない…………？」

リリィの目には涙が浮かぶ。俺はそれを拭うと、小さな身体を抱き締めた。

「そんなことないぞ。リリィは絶対凄い魔法使いになれる。パパが保証してやる」

「うん…………」

これは気休めなどではなく、魔法書で読んだハイエルフの特徴が真実だとするならばリリィはかなりの魔法使いになるだろう。きっと将来的には俺をも超えていくに違いない。

…………だが、今はハイエルフであることが足を引っ張っているのかもしれない。最初の知覚部分でここまで躓くのは何か理由があるはずだ。

ジークリンデに相談しようかとも思ったが、恐らくあいつも教科書通りの対応しか出来ないだろう。そうなるともう、頼れそうなのは一人しかいない。

「…………先生に診せてみるか」

◆

「私はもう先生じゃないんだけどねえ…………」

翌日、エスメラルダ先生の店を訪ねリリィの現状について説明すると、先生は大きくため息をつきながら立ち上がった。そのままゆっくりとリリィの前まで歩いてくる。リリィは珍しく緊張した様子で背筋を伸ばした。

「よっ、よろしくおねがいします！」

「ヒッヒッ、親に似ず素直な子じゃないか。私は素直な子は好きだよ」

深い皺の刻まれた先生の手が、ゆっくりとリリィの頭を撫でていく。リリィは身体を縮こまらせて先生にされるがままになっていた。やっぱり緊張してるみたいだな。

「先生、何か分かるか？」

「焦るんじゃないよ。まだ何もしてないさね」

先生の手がリリィの頭から落ちて、身体の横でピシッと伸びている手を捕まえる。そのまま目を閉じると、何度か頷いた。きっとリリィの魔力を探っているんだろう。

「――――ヴァイス。アンタ、この子に魔力流す時どういう風にやったんだい？」

「どうって…………別に普通に流しただけだ」

魔力の流し方に種類があるなど聞いたことがない。

「はあ…………やっぱりねえ。それじゃあいつまで経ってもこの子の魔力を引き出せやしないよ」

「…………どういう事だ？」

リリィが苦戦していたのは、俺のせいだっていうのか？

そう思った途端――――胸が締め付けられる。

…………もしそうなら、俺はリリィを悲しませてしまった。

「――――この子はね、普通の子より魔力の流れが速いんだ。感覚的にはまだ知覚出来ていなくても、身体の方はそれを分かってる。つまり速い流れの魔力を扱うのに慣れてるのさ。そこにアンタのトロくさい魔力を流してみな、身体が混乱しちまうよ」

「そうだったのか…………」

先生の言葉は俺の心に大きなダメージを与えた。昨日のリリィの涙を忘れた訳ではない。リリィを泣かせてしまったのは、他でもない俺だったんだ。

「ぱぱどうしたの？　どっかいたい？」

ショックを隠せない俺を、リリィが心配そうに見上げてくる。

その姿に、俺は子供の頃の自分を重ねた。親が元気のない時は自分のこと以上に心配だった。それを分かっていたのか、俺の両親はそういう姿を殆ど見せなかった。

…………ダメな親だな、俺は。失敗するだけでは飽き足らず、娘を不安にさせてしまっている。

「…………いや、何でもないぞ。ありがとうリリィ」

何とか笑顔を作ると、リリィはほっとした表情を浮かべた。

「それで先生、俺はどうすればいいんだ？」

「簡単さ、流す魔力の速度をあげてやればいいんだ。魔力の速度を調節するのはそれはそれで難しい事だけど、アンタにゃ朝飯前だろう？」

「当然。リリィ、むずむずいけるか？」

「うん！」

沈んだ心を今は忘れ、頭を集中モードに切り替える。

量を抑えつつ、しかし流れは速く。俺はリリィの手を握り緻密なコントロールで魔力を流していく。

「むずむず、なんかいつもとちがう」

「どんな感じだ？」

「うーん……わかんないけど、いつもよりきもちいいかも」

気持ちが良い、というのはよく分からないが、多分悪い事ではないだろう。リリィの魔力に寄り添えているという事かもしれない。

リリィが目を瞑り、小さく唸る。流れを途切れさせないように意識しながらそれを見守っていると──リリィが目を開き、叫んだ。

「──たぁーっ！」

「うおっ!?」

──瞬間。俺の魔力は凄い勢いでリリィの手のひらから放出され、続いてリリィの魔力の奔流が店の壁に激突する。俺は咄嗟に魔法障壁を張りそれを防いだ。

「ぱぱ！　むずむずでたよ！」

目をキラキラさせて俺を見上げるリリィ。

俺の心には喜びと、苦戦させてしまった後悔と、言葉に出来ない達成感が溢《あふ》れてぐちゃぐちゃになった。リリィの頬に一粒の涙が落ちる。気付けば俺は涙を流していた。

「リリィ、ごめんな……いや、おめでとう。今日からリリィは魔法使いだ」

こうして、リリィは魔法使いになった。

◆

リリィが魔法使いになった翌日。

目が覚めた俺は、入学式までのスケジュールを何となく考えながらリビングのカーテンを開けた。

寝起きの目には少し痛いくらいの朝日が差し込む。今日も気持ちのいい朝だ。

リリィはまだ寝てるみたいだな――そう思ったのだが、耳を澄ませればリリィの声が薄《う》っすらとリビングにこだましている。「たぁ！　やぁ！」そんな気合いっぱいの掛け声がリリィの部屋から漏れていた。一体何やってんだ…………？

「リリィ、何やって――ぐほっ!?」

ドアを開けながら呼びかけると――何かが思い切り顔面にぶつかった。物体ではなく魔力の類だなと瞬時に判断しながら、俺は仰向けに倒れ込んだ。

「ぱぱっ!?」

どたどた、という振動が床を伝う。慌てて部屋から出てきたリリィが顔の横に座り込んだのが分かった。

「ぱぱだいじょうぶ!?」

「…………ん？　ああ、リリィの魔力かこれ。大丈夫だ、何ともないぞ」

正直言うとちょっと痛かったが、強がれないほどじゃない。

顔を真っ青にして俺を覗き込んでいるリリィの頭に手を伸ばし、ぽんぽんと撫でた。

「うぅ…………ぱぱぁ…………」

俺が無事だと分かって安心したのか、リリィが抱き着いてきた。

「よしよし。朝から一体何をやってたんだ？」

背中を擦《さす》ってあやすと、リリィは落ち着くどころかぐずり始めてしまった。

「ぐずっ…………えっとね…………れんしゅー、してたの…………」

「練習？」

魔力が飛んできた事を考えると…………魔法を使う練習だろうか。魔法はまだ教えていないはずだが。

「…………りりーね、はやくまほーつかいになりたくて…………それで、まほーをだすれんしゅー…………してたの…………」

「――――ああ、魔力をいつでも出せるようになりたかったんだな」

エスメラルダ先生のアドバイスのお陰もあり、リリィは無事自分の魔力を知覚する事が出来た。しかしそれはまだ魔法使いのスタートラインに立ったに過ぎない。

一般的に魔法使いと認められる為にはそこから魔力を自在に出せるようになり、それを魔法に変換出来なければならない。確かそんな話をいつだかリリィにした気がする。リリィはそれを覚えていて魔力を出す練習をしていたんだろう。まだ思い通りに出す事が出来ないみたいだったからな。

「…………」

半分以上の子が魔法未履修で入学してくることを考えれば、魔法を覚えるのは魔法学校が始まってからでも遅くはない。魔力が知覚出来ているだけで入学準備は万全なんだ。急ぐ必要はどこにもない。しかし、リリィは魔法使いへのモチベーションが高いみたいだった。それを否定する理由もまた、どこにもない。

「リリィはどんな魔法使いになりたいんだ？」

大半の奴は好むと好まざるとに関わらず、自身の性質によってどういう魔法使いになるかを決定づけられる。火魔法が得意だから俺はそっちの道に、私は水魔法が…………ってな具合に。

だが恐らくリリィは望むままの魔法使いになれるだろう。人間や他の種族より魔法適性が高いエルフの、さらに高位種族。こと魔法において右に出るものは…………恐らくこの世界にいない。

俺も選択肢には不自由しなかった方だが、リリィはその比じゃない。だからこそ俺がしっかりと導いてやらないといけない。

リリィがなりたい魔法使いになれるように。

「りりーは…………」

「ああ」

「…………りりーは、ぱぱをたすけてあげれるまほーつかいになりたい…………」

「…………俺を？」

「うん…………」

俺に覆《おお》い被《かぶ》さるように抱き着いているリリィの手にぎゅう…………と力がこもった。

「ありがとう、リリィ」

以前――あれはエスメラルダ先生の店に初めて行った時。リリィが「沢山勉強してパパを助けたい」と言っていたのを覚えている。感動して泣きそうになったんだ、忘れる訳がない。

――果たしてリリィは奴隷時代の事をどれだけ覚えているのか。奴隷として売られていた所を俺に買われたという自分の境遇をどれくらい理解しているのかは正直分からない。あの頃のリリィは心が壊れていた。人が変わったように明るい今を見ていると、全く覚えていないんじゃないかとすら思う。

だがこうしてリリィの気持ちを聞くと、もしかしてリリィは全て理解しているんじゃないかとも思う。辛《つら》い生活から救ってくれた俺に、単なる親子以上の感謝の気持ちを抱いているんじゃないか。

それは嬉しいことではあるんだが、同時に悲しくもあった。リリィには何のしがらみもなく真っすぐに育って欲しい。「俺に恩返しをしよう」という気持ちに囚《とら》われて欲しくはなかった。

「よし――それじゃ今日は冒険行くか？」

「ぼーけん？」

だが、それを今リリィに言った所で何にもならないのは理解している。「俺の事は気にするな」などと伝えたら、逆にリリィは悲しんでしまうだろう。

だから――とりあえず今はリリィのやりたいようにやらせてみよう。親の役目は子供の行く先を決める事ではなく、道を踏み外した時にそっとレールの上に戻してやる事だと思うから。

「帝都の外で思いっきり魔法の練習をするんだ。どうだ？」

「────っ！　ぼーけんいく！」

しみったれた話はこれで終わり。俺はリリィを抱っこしたまま腹筋の力で跳ね起きた。

────俺は娘を甘やかす事はしない。ビシバシいくつもりだ。今日が終わる頃にはリリィは立派な魔法使いになっているだろう。

◆

当たり前の事だが、魔力を出せるようになったからといってすぐ魔法使いになれる訳ではない。魔力と魔法は全く別物だ。例えるなら小麦粉とパンくらい違う。魔力はただの材料であり、そこに技術や知識が加わる事で魔法という形になる。無論、何かの偶然で魔力が魔法として放たれる事もあるが、基本的に魔法の本質は学問だ。だからこそ魔法学校というものが存在する。

「ぱぱ、さんどいっちおいしいね！」

「ああ、そうだな」

俺とリリィは帝都の近くにある森にやってきていた。子供でも歩いてこられる距離にあり、魔法学校の実地訓練でもよく利用される場所だ。噂では数十年前にエスメラルダ先生が森を半分ほど吹き飛ばした事件があったらしいが、今ではその面影は見られない。草花の生命力の強さを感じさせる話だ。

「もぐもぐ…………」

リリィは切り株に腰かけて、お弁当のサンドイッチに夢中になっている。ほっぺにジャムが付いているが気付いている様子はない。指で掬い取って口に運ぶと、果実の酸味と甘味が口の中に広がった。

「さて…………これからどうするか」

太陽は既に頭の上を通り過ぎているが…………実の所リリィの特訓は全く進んでいなかった。朝イチに家を出発したはずなのに、やった事といえば森を散策してお昼ご飯を食べただけ。これは特訓ではなくピクニックと呼ぶのではないか。一体どうしてこうなった。リリィが虫取り網を持参していた時点で嫌な予感はしていたが。

「リリィ、ご飯食べ終わったら特訓するぞ」

「とっくん？」

「魔法の特訓だ。今日はそれが目的だったろ？」

「う〜ん…………あ、そだった！　とっくんする！」

どうやらリリィは森を探検するうちに今日の目的を忘れてしまったらしい。ハッとした表情を浮かべると、急いでサンドイッチを口に詰め込み始めた。

「食べるのはゆっくりでいいからな」

「――――ということだ。分かったかリリィ？」

「う、うん…………！」

青空の下、木漏れ日の差し込むなかで俺は初級魔法書を使いリリィに魔法の基礎を教えることにした。魔法を行使する上での心構え（そんなものを気にしたことはないが一応教えておくべきだろう）から始まり、魔法陣の意味、魔力を魔法に変換する上でのコツなど、これから魔法使いを目指す初心者にぴったりの内容になっている。

流石はハイエルフの頭脳というべきか、リリィは教えた事をすらすらと飲み込んでいった。知識があるのとないのとでは魔法陣の形成にかなり差が出てくるんだが、きっと座学の方は大丈夫だろう。

「えーっと、手ごろな魔物はいないか…………」

この森が魔法学校の実地訓練に使用される理由は凄く単純で、命の危険がある魔物がいないからだ。ピカピカの魔法使い一年生でも勝てるくらいの魔物が、人の目を避けるようにひっそりと生息している。

一般的に魔物といえば『人間を脅かす怖い生き物』というイメージがあると思うが、この森の魔物からすれば人間こそ悪魔だろうな。

「…………お、丁度いいのがいるな」

視線を彷徨わせると、少し先にスライムの親子が歩いていた。足がないので歩くと表現していいのか分からないが、とにかく歩いていた。大きな個体の後ろをぴょこぴょこと小さな個体が付いていく。身体の色からブルースライムだという事が分かった。

ブルースライムはスライムの中でも特にひ弱な生き物だ。この森の生態系の中でも間違いなく最下層に位置している。魔法を覚えたてのリリィでも充分倒せる相手だ。なんなら魔法を使わずとも手で叩くだけで倒せてしまうかもしれない。リリィの実力を試すにはうってつけと言えた。

「リリィ、あそこにスライムがいるのが分かるか？」

「すらいむ？　どれ？」

「あの青くて丸っこいやつだ」

「…………あ！　ぽよぽよしてるー！」

リリィはスライムを指差して笑った。スライムはその見た目の可愛さから、魔物なのに結構人気がある。ペットにしている奴もいるくらいだが、知能が低い為言う事を聞かず、すぐ飽きてしまうらしい。因みにうちはスライムを飼う予定はない。

「リリィ、さっきの授業を覚えてるかテストだ。あのスライムに火魔法を出してみろ」

「え…………」

さっきまでの笑顔はどこへやら。リリィは悲しそうな顔で俺を見つめてきた。

「ぽよぽよ、かわいそう…………」

「…………そうか」

「うん…………」

「じゃあ…………やめよっか？」

「うん」

スライム、可哀想か…………

そういう視点は俺にはなかったなあ。今まで数えきれないくらいの魔物を倒してきたし。この前なんか『神の使い』と崇められてるドラゴンを二体も倒してしまった。それなのに俺の心は全く痛まない。やはり俺は善人ではないらしい。

「それじゃ…………この樹《き》はどうだ？　これならリリィの魔法くらいなんてことないと思うぞ」

俺が示したのは近くに生えていた巨木。大人が数人で手を広げても囲い切れないほど太いこの樹なら、覚えたてのリリィの魔法くらいじゃビクともしないだろう。

「だいじょーぶかな…………？」

「こんなに大きいんだ、きっと大丈夫だ。思いっきり火魔法を撃ってみな」

「わかった…………！」

――――リリィがクリスタルの杖を樹に向かって構える。

すると、赤色の小さな魔法陣がぼんやりと現れた。

「…………よし」

俺は口の中で小さく呟いた。

魔力で魔法陣を描くことが出来れば、あとはそこに魔力を吹き込むだけで魔法を行使する事が出来る。やはりハイエルフは魔法の扱いに長けているらしい。一発で魔法陣を描けるのは相当センスがいい証《あかし》だ。

「――――たぁ！」

裂帛《れっぱく》の掛け声と共に、リリィは魔法陣に魔力を吹き込む。

「…………えっ」

――その瞬間、天を衝《つ》くような巨木は一瞬で燃え上がった。

俺の脳裏には、エスメラルダ先生が森を吹き飛ばしたというエピソードがフラッシュバックした。

「…………やべっ!?」

急いで魔法陣を展開し、そこにありったけの魔力を込める。魔法陣が一際強く輝くと、真っ赤に燃え上がった樹の上に巨大な水球が出現した。

俺の魔力で作られた水球が、まるで生き物のようにゆっくりと巨木を包み込んでいく。本来発生するはずの水蒸気が全く発生しないのは練っている魔力の質に差があるからだ。いくらリリィがハイエルフとはいえ、流石にまだ負けはしない。

「――――よし」

水球が完全に樹木を包み込んだ事を確認して、俺は水球を消失させた。鎮火完了。エスメラルダ先生の二の舞は何とか避けられたな。

「ふぁ…………」

「…………リリィ!?」

か細い声に視線をやると、リリィが虚《うつ》ろな目でふらついていた。倒れ込むリリィを何とか受け止める。

「リリィ、大丈夫か!?」

リリィの返事はない。魔力を流して原因を探ってみた所、どうやら魔力の使いすぎで気を失ってしまったようだ。寝ていれば治る症状ではあるので、ほっと一息つく。

「…………学校が始まるまでに魔力のコントロールを教えないといけないな…………それと、帽子もあった方がいいか」

大雑把にだが、魔法具は種別ごとに役割が決まっている。例えばローブは基本的に相手の魔法から身を守る為にある。レアな素材を使ったものは着ているだけで魔力が向上したりするんだが、そういうのは本当に稀《まれ》だ。

帽子は魔力を安定させる役割を担っている。普通は魔力量が増えてくる上級生になってから用意するんだが、リリィは今の年齢から着用するべきだろう。どうやらリリィの魔力量は既に上級生レベルを上回っている。リリィには申し訳ないことをしたが、学校が始まる前に分かって良かった。

俺はリリィを抱っこすると、そばに放り投げられていた虫取り網を拾い上げて家路についた。

第七章　ヴァイス、初めての任務

My daughter was an unsold slave elf.

「そろそろ顔見せに行くか…………」

虫取り網を片手に庭を走り回っているリリィをリビングから眺めながら、俺は一つの決心を固めた。

――――十年振りに実家に顔を見せに行こう、と。

魔法学校を卒業後、俺は親に相談することもなく逃げるように帝都を飛び出した。理由は簡単で、学校の先生や魔法省のお偉いさんがこぞって俺を魔法省に就職させようとしたからだ。それだけ俺の魔法の才能は飛び抜けていたらしいが、はっきり言って役人などゴメンだった。魔法省勤めは帝都において分かりやすいエリートではあるものの、そんなものに俺は魅力を感じなかった。

本当なら帝都に帰ってすぐに訪ねるべきなんだろうが、それがここまで延びてしまったのには理由があった。その理由は今、虫取り網の中に手を突っ込んで、満面の笑みでゲットした何かをこっちに見せてくれている。

…………そう、リリィの存在だ。

一言で言えば、リリィの事をどう説明したものか答えが出なかったのだ。十年振りにいきなり帰ってきて、しかも子供連れ。それも実の子供ではないときた。あまり干渉してくる方ではなかった父はともかく、母はびっくりして気を失うんじゃないか。勿論奴隷を買ったなどとは口が裂けても言えない。

それに両親は、俺が孤児を引き取るような性格ではない事を理解している。リリィの事を根掘り葉掘り訊かれる事を想像すると、どうしても足が遠のいてしまうのだった。

「孤児？　あら、そうなの。どうりで似てないと思ったわ」

「…………それだけ？」

怒号か、平手打ちか…………それとも号泣か。

十年振りに実家に帰省するにあたり、両親のあらゆる反応を想定していたのだが…………母の反応は異様なほどさっぱりしていた。父は仕事に出ていて家にはいなかった。十年振りに会った母は、やはり多少老けてはいたものの、想像していたよりずっと溌剌《はつらつ》としていた。

「立派な事じゃない。お前も大人になったわねぇ…………リリィちゃん、おばあちゃんですよ〜？」

「おばーちゃん？」

母はリリィの前にしゃがみ込むと、麦わら帽子の上からリリィの頭を撫でた。

「ま、立ち話も何だしとりあえずあがりなさいな」

母に連れられ、俺とリリィはリビングに通された。懐かしのリビングは十年前とほぼ変わっていなかった。忘れていたはずの記憶の数々が脳内を埋め尽くす。

「ここ、ぱぱのおうち？」

リリィは落ち着きなくきょろきょろと辺りを見回している。

「そうだ。小さい頃はここに住んでいたんだ。あれはパパのおかーさんだ」

「ぱぱのまま？　…………りりーのまま？」

「リリィのママではないかなあ」

テーブルに着いて待っていると、グラスをお盆に載せた母がキッチンから現れる。リリィは母からグラスを受け取ると、お茶を一気に飲み干した。今日は外が暑かったから喉が渇いてたみたいだ。

「ヴァイスぅ、しっかり父親やってるじゃない。おかーさん鼻が高いわ」

母が弄《いじ》るように小突いてくる。生意気だった坊主が「パパ」などと呼ばれているのが面白いんだろう。

「うっせえ。つーか十年振りなのにさっぱりしすぎだろ。俺は殴られるんじゃないかと覚悟してたんだぞ」

「殴る？　どうして？」

俺の言葉が心底意外だったのか、母はきょとんとした。

「…………ほら、何も言わずに出てったただろ俺。心配かけたのは理解してたからさ。『このバカ息子が！』くらいはあるものだと」

「あはは、ないない！　私の息子だよ？　どっかで元気にやってるだろうとは思ってたしね。それにジークリンデちゃんも来てくれてたから」

「……ジークリンデが？」

意外な名前だった。思わず聞き返す。

「あの子、魔法省に入ったのは知ってる？」

「ああ」

本人曰く、俺が逃げたせいで入省する羽目になったらしい。どのみちジークリンデは役人になっていたと思うけどな。どう見ても天職だろ。

「お前が家を出てってすぐ、魔法省の制服を着たあの子が訪ねてきてね。『ヴァイスは絶対に私が見つけます。だから心配しないでください』って真剣な顔で言うのよ。私はハナから心配してなかったから、いいって言ったんだけどね？　それからはちょくちょく顔を見せに来てくれてるの。『すみません、まだ見つかりません……』ってね」

「……そうだったのか」

もしかして、俺が魔法省から長年にわたり指名手配されていたのはジークリンデの差し金だったのか？

……俺が一番心配をかけていたのは、両親ではなくジークリンデだったのかもしれない。

「ヴァイス、あの子の事ちゃんと考えてあげなさいよ？　お前みたいなちゃらんぽらんをずっと気にかけてくれるのなんて、きっとあの子くらいよ」

「……そうかもな」

俺は善人ではないが、人の想いに応えてやりたいという気持ちはある。

あいつの望みといえば…………リリィの母親になることだろうか。出来れば叶えてやりたいと思うが、それに関しては俺がどうこうというよりリリィの気持ち次第だろう。

ジークリンデがリリィに気に入られるようにサポートするくらいしか、俺に出来ることはなさそうだ。今度酒でも飲みながらその辺話してみるか。

その日の晩。

捨てずに置いてあった教科書を実家から持ち帰った俺は、ソファに座りながらそれをパラパラとめくり、思い出にふけっていた。隣には何故かジークリンデが座っている。仕事終わりにうちに寄るのをルーティンにしているようだ。

二人で教科書を眺めているとまるで学生時代に戻ったようで、少しノスタルジックな空気が流れていた。

「…………改めて復習すると、学校で習った事なんて殆ど忘れてんだな」

十数年振りの教科書には「こんなの習ったっけ？」という事ばかり書かれてあった。この教科書は本当に俺が使っていた奴なのか？

「お前はそもそもマトモに授業を聞いていなかっただろう。どうして私がこんな奴に…………」

ジークリンデが不機嫌そうに愚痴を漏らす。まあコイツは実技以外の成績は他と大差をつけて一位だったからな。それで首席を逃したのだから、文句の一つも言いたくなるだろう。自分から首席を掻《か》っ攫《さら》っていった張本人が目の前にいれば尚更《なおさら》。

「悪かったって。恨むなら実技の成績を重くつける学校の教育方針にしろ」

「まあ、今更いいがな…………それにしても、何か悪いモノでも食べたのか？　お前が教科書とにらめっことは」

ジークリンデが怪訝《けげん》な目を俺に向ける。

まあ気持ちは分かる。俺もリリィに魔力のコントロール方法を教える予定がなければ、教科書など持ち帰ったりしないからな。

普通に答えても良かったんだが、つい学生時代のノリで軽口が飛び出す。

「失礼なヤツだな。俺がこの前まで住んでた街には俺ほど勤勉な奴はいなかったぞ」

「そんな訳があるか。それが本当だとするなら、その街には馬鹿しか住んでいない事になる」

本当にあるんだよ、そういう街が。ゼニスっていうんだけどな。

「お前が俺の事どう思ってるのかよーく分かった」

冗談めかして残念がると、ジークリンデは焦ったように手を振る。

「あ、いやっ、これは違うんだ。言葉の綾《あや》というかだな」

「分かってるって。それに、俺が馬鹿だったのは本当の事だしな」

魔法学校の大図書館に籠もりきりだったジークリンデとつるんでいなければ、俺のテストは赤点祭りだったはずだ。目の敵にしていた俺に対しても辛抱強く勉強を教えてくれた聖人・ジークリンデから首席の座を奪ってしまった事は、本当に申し訳なく思っている。

…………その時の恩を、そろそろ返す時かもな。

「…………ジークリンデ」

「なんだ？」

ジークリンデはテーブルの上に積んでいる教科書に手を伸ばし、パラパラとページを遊ばせている。懐かしそうに細めている目は、一体いつの景色を映しているのか。

「リリィの母親になりたいって話、協力してやってもいいぞ」

「ぶっ――――!?」

ジークリンデは思い切り吹き出した。顔に教科書を押し付けて、ごほごほと咳《せ》き込んでいる。

「おい、汚えぞ。教科書に唾を飛ばすな」

ジークリンデは俺の言葉が聞こえないくらい苦しいようで肩で息をしていた。何度か大きく呼吸をした後、涙の滲んだ目で俺を睨みつけてきた。

「ヴァイス、お前、ふざけるなよ…………」

「…………？　何の事だ」

前にジークリンデが「リリィの母親になりたい」と言っていたから、それに協力すると伝えただけなんだが。

「そういうのはもっと…………なんというか…………雰囲気とか、あるんじゃないのか………？」

ジークリンデは開いた教科書で顔を隠しながらもごもごと喋り出した。さっきそこに思いっきり唾を飛ばしていた気がするんだが大丈夫なのか。

「何だよ雰囲気って。別にいいだろうが二人きりなんだし」

リリィについての話は大っぴらにしたくはないが、今は自宅で、リリィは自分の部屋で寝ている。これ以上にうってつけのタイミングはないだろう。

「ふ、ふたっ――――!?　…………いいんだな!?　これは、つまり…………そういう事でいいんだな!?」

「声デカいな…………そもそもお前が言ったんだろうが。それとも心変わりでもしたのか？」

協力するとは言ったが、最終的にはリリィがジークリンデに気を許すか次第ではある。中途半端な気持ちではリリィも懐かないだろう。子供は意外とそういうのに敏感って聞くしな。

「いやいや！　心変わりなどある訳ないだろう。…………そうか、ヴァイスは私の事…………そうだったのか」

ジークリンデは自分の世界に入り込んでいた。懐かしいな、こいつは昔からこういう所があったんだった。

結局その日ジークリンデは終始気持ち悪いほどの笑顔だったのだが、思い返せばコイツの笑顔というものを俺は学生時代一度も見たことがないような気がする。意外と笑った顔が可愛い奴だなと思ったが、伝える事はしなかった。

◆

俺とジークリンデは商業通りの一等地にある喫茶店にやってきていた。昨晩の帰り際に、顔を真っ赤にしたジークリンデに誘われたのだ。ジークリンデは風邪気味なのか、今日も顔の赤さを維持していた。大丈夫だろうか。

「えっと…………こ、この喫茶店は私の行きつけなんだ！　パンケーキが有名でな⁉　どうぞ好きに注文してくれ！」

「そうか？　なら遠慮なく」

妙に気合の入った私服であたふたと説明するジークリンデを尻目に、俺はメニュー表に視線を落とした。目玉商品だというパンケーキは一番目立つ所にイラスト付きで紹介されている。二千ゼニーという値段設定はいささか強気な気がしたが、聞き耳を立てるまでもなく殆どの客が注文しているのが分かった。「パンケーキには出せて九百ゼニー」という価値観を持っている俺だったが、どうやらこの大都会帝都では通用しないらしい。

「…………リリィも連れて来れれば良かったんだけどな」

ジークリンデに呼び出され商業通りまで出てきた俺だったが、リリィはお留守番している。ジークリンデから「出来れば二人きりがいい」と指定されたのだ。自宅ではなく喫茶店を指定してきたという事は、恐らく魔法省絡みの話に違いないと踏んだ俺はそれを了承した。リリィの事を魔法省に黙っていて貰う見返りとして、俺はジークリンデの仕事を手伝う契約を結んでいた。ついにその初仕事が来たという事だろう。

「なあ、このパンケーキは持って帰れるのか？」

俺が一人で出かけると知るやリリィは大暴れ。手土産の一つでもなければ家に入れて貰えないかもしれない。

「んっ!? あ、ああ…………確か持って帰れるはずだ」

「そうか。なら俺はコーヒーだけでいい。その代わりパンケーキを持って帰らせてくれ」

どうせ俺一人ではパンケーキは食い切れないしな。甘いものはそこまで得意ではない。それに仕事の話をするのにパンケーキ片手では格好がつかないだろう。

ジークリンデは店員を呼び、慣れた口調で注文をしていった。コーヒー二つ、パンケーキ二つ、うち一つは持ち帰りで。

「…………パンケーキ二つ?」

「私が食べるんだ。実は食べた事がなくてな」

「そうなのか」

意外だった。

行きつけなのに人気メニューをまだ食べていなかった事がじゃない。仕事の話をするのにデザートを注文するのがジークリンデのイメージから外れていたんだ。そもそもジークリンデは魔法省の制服で来るものだと思っていたんだが、実際に現れたのは地味ながらも高級感があるワンピースを身に纏った姿だった。

俺はジークリンデをお堅い人間だと思いすぎているんだろうか。この十年の間に、コイツも力の抜き所を覚えたのかもしれないな。

「…………懐かしいと思わないか?」

ジークリンデが窓の外を見ながら呟いた。

「何がだ」

ジークリンデに倣《なら》い視線を外にやってみる。年齢、性別――そして種族。様々な生き物が通りを行き交っていた。彼ら彼女ら一人一人にそれぞれの人生があるんだと思うと、世界の広さを実感せずにはいられない。俺の与《あずか》り知《し》らない所で世界は動いているんだと。

「学生の頃はよくこうして通りを物色していただろう」

「………ああ、そうだったかもな」

物色していたというか、その殆どはジークリンデの用事に付き合っていただけだ。魔法書店や魔法具店が主で、こういった喫茶店に入った記憶はあまりない。ジークリンデには門限があったしな。

「――まさか、十年後もこうしてお前と向かい合っているとは思わなかったぞ」

「それは間違いない」

リリィを拾わなかったら帝都に帰る事はなかった。ゼニスという街は俺にとってそれなりに住み心地の良い所だったからな。

ジークリンデと昔話に花を咲かせていると、店員がコーヒーとパンケーキを運んできた。ジークリンデは待望のパンケーキを、何故か微妙な表情で見つめている。

「食べないのか？」

「いや………実は甘いものがそこまで得意ではなくてな」

「はあ………？　好きだから頼んだんじゃないのか」

「いい機会だと思ったんだ。気になっていたのは本当だからな」

そこで、ジークリンデはワザとらしく一拍置いた。

「…………その…………半分こ、しないか…………？」

ジークリンデは顔を真っ赤にしてそんな提案をする。

「食っていいのか？」

俺も甘いものは得意ではないが…………二千ゼニーのパンケーキ、気にならないと言えば嘘になる。

「あ、ああ…………大丈夫だ。遠慮なく食べてくれ…………！」

「それじゃ遠慮なく。お前も早く食べないと冷めるぞ？　温かいうちが美味いんだろ、きっと」

パンケーキの正しい食べ方など分からないが、フォークとナイフを使って適当に口に運んでみる。

「…………お、美味いなこれ」

これでもかというくらいシロップがかかっていたから、きっととてつもなく甘いんだろうな…………と身構えていたんだが、口の中に広がるのは主張しすぎない上品な甘さ。

「ジークリンデ、これそんなに甘くないぞ。多分お前でも食べられるはずだ」

「そ、そうか…………分かった、食べてみよう」

ジークリンデは既に半分ほどになったパンケーキを真剣な眼差しで見つめていたが――意を決したようにナイフを差し入れ、口に運んだ。

「…………本当だ。うん、美味しいな」

今日はずっとどこか緊張した顔付きだったジークリンデだが、パンケーキのお陰でようやく肩の力が抜けたと見える。柔らかな笑みを浮かべた。

甘いもの嫌いの俺達は見る見るうちにパンケーキを完食し、店を出た。

「ヴァイス、今日は付き合ってくれて感謝する」

「別にいいさ。こっちこそパンケーキありがとな。リリィにはちゃんとお前からのプレゼントだって言っとくよ」

これでジークリンデの株が上がればいいんだが。

「用はこれだけか？　なら俺は帰るぞ」

「ああ――――ヴァイス！」

「何だ？」

背を向けた所で強く呼び止められる。振り向くと、ジークリンデは弱気な瞳を地面に下ろしていた。

「その……また誘っても…………構わない、んだよな…………？」

「？　別にいつでも誘えよ。俺とお前の仲だろ」

俺は今度こそジークリンデに背を向け、パンケーキが冷めないよう家に急いだ。

…………仕事の話は？

◆

翌日。

ジークリンデに呼び出されまた喫茶店を訪れていた俺だったが、心には暗雲が立ち込めていた。二日連続のお留守番を告げられたリリィがついに我慢の限界を超え、俺にパンケーキ三枚の献上を命じたのだ。このペースで誘われては我が家の家計が火の車になってしまう。何せここのパンケーキは一枚二千ゼニーもするんだ。

「任務だ」

魔法省の制服に身を包んだジークリンデが口を開いた。コーヒーから立ち昇る湯気が俺達の間をゆらゆらと揺蕩《たゆた》って、ジークリンデの顔を僅かに隠す。

「――――ついに来たか」

コーヒーカップに口をつけ唇を湿らせると、上品な苦みが口の中に広がった。

「詳細を教えてくれ」

若くして魔法省長官補佐に上り詰めたジークリンデには、様々な問題が付き纏っている。周囲からのやっかみもあるだろう。嫌がらせの類も日常茶飯事のはずだ。そんなあらゆる方面から湧いてくる面倒事を解決すべくジークリンデは私兵を囲っているんだが、私兵にも出来ない事がある。例えばクリスタル・ドラゴンを倒すこととか。

ジークリンデに「仕事を手伝ってやる」と言ったものの、コイツの性格を考えれば些細な事で俺を頼る事はしないはず。俺が呼ばれたって事はそれ相応の面倒事をジークリンデは抱えている。思えばジークリンデはいつもより少し疲れた顔をしているように見えた。

ジークリンデは口を開いては思い直したように閉じるのを何度も繰り返している。喫茶店では言い辛い事なのか、それとも言葉にするのが難しい抽象的な任務なのか。

答えはそのどれでもなかった。

「あのな、その…………この世で一番もふもふな生き物って…………何か分かるか…………？」

「…………何だって？」

この世で一番…………もふもふな生き物…………？

「────なるほど。それはまた面倒な事を押し付けられたもんだな」

説明を受けて、俺はジークリンデに同情した。

ジークリンデの話をまとめると…………魔法省に多額の献金をしている名家の娘が今度魔法学校に入学するんだが、父親は娘の為に高級ブランドの最高級品で魔法具を揃えていた。しかし、実物を見た娘がローブのデザインに文句をつけ「もふもふなローブがいい」と駄々をこねた。そこで父親はいつも世話をしてやっている魔法省に「娘の為に最高のローブを作れ」と命令してきた。困った魔法省はジークリンデにそれを押し付けた────と。

「いつから魔法省は何でも屋になったんだ？」

「私にも分からん。だが、断る事も出来ん」

ジークリンデは呆《あき》れたようにため息を漏らす。

「もふもふ、ねえ」

もふもふってーとあれか？

毛皮でもこもこー、みたいな奴か？

世界で一番かは知らないが、そういう奴に俺は心当たりがあるし、素材を取ってくることも出来る。だが――

「もふもふな魔物なら知ってるが…………はっきり言ってローブの素材としては三流だぞ？　魔法耐性も皆無で、火魔法でも当たった日には一瞬でパアだ」

素材としてはただの毛皮に過ぎない。ローブとして成立させるには魔法加護の方を相当頑張る必要があるだろうな。

「それで構わない。先方も娘に危険な事をさせるつもりはないらしい。魔法学校でも特別扱いさせるそうだ」

「…………流石金持ち、やる事が違うな」

リリィの同級生にそんな面倒そうな奴がいることは気になったが…………同じクラスにならなければ問題ないだろう。魔法学校はクラスが多いからな。

「…………それじゃ早速狩ってくるか。急ぎなんだろ？　入学式までもう二週間だからな」

「ああ…………悪いが頼むぞ」

「気にするな。言い出したのは元々俺なんだからな」

ジークリンデが困っているなら、助けてやる事に何の躊躇いもない。約束を抜きにしてもな。

俺はコーヒーを飲み干すと、喫茶店を後にした。

◆

「りりーもいく！」

「え」

リリィは俺が出かけると聞くや、急いで準備をし始めた。一瞬で余所行《よそい》きの服に着替え俺の前に現れる。

「りりーぱんけきたべたい！」

「今日はパンケーキは食べないんだ。帝都の外に行くんだぞ？」

「ぼーけん!?」

リリィは余計に目をキラキラさせた。パンケーキより冒険なお年頃なのか…………？

「まあ…………冒険といえば冒険だ」

今回のターゲット…………エンジェルベアは帝国領内に生息している。流石に徒歩という訳にはいかないが、エスメラルダ先生の改造魔法車で一時間も走れば生息地に辿り着くだろう。

「ぽよぽよいる？」

「ぽよぽよは…………どうだろう、いるかもしれないな」

スライムはどこにでもいるからな。多分いるんじゃないか。

「やった！　ぱぱ、はやくいこ！」

リリィがぐいぐいと俺の手を引っ張って外に連れ出そうとする。いつの間にかリリィを連れて行く事に決定したらしい。

エンジェルベアは人を襲わない温厚な生き物ではあるんだが俺の目的は素材収集だ。つまりエンジェルベアを攻撃しなければならない。そんな所をリリィに見せたくなかったし、見られたくもなかった。きっとリリィはショックを受けてしまうだろう。

「…………分かった分かった。リリィ、引っ張らないの」

まあ、リリィが一瞬目を離した隙に終わらせれば大丈夫か。エンジェルベアは可愛い魔物だし、見ればリリィもきっと気に入るだろう。エンジェルベアに夢中なリリィを見るのは楽しみではあるしな。

◆

「〜〜〜ッ、くまたんだ〜！」

抱っこしていたリリィを草原に降ろすと、リリィは一目散にエンジェルベアに駆け寄っていく。

ピンク色の体毛に覆われ体表にハート形の模様を持つエンジェルベアは、その名の通り天使のように愛らしい見た目をした魔物だ。成体になると人間より大きくなるんだがその成長スピードは緩やかで、何十年も掛けてゆっくりと大きくなっていく。

性格はとても温厚で人や他の魔物を襲うことはなく、その気性が災いしてか成体になる前に生命を落としてしまう個体も多い。他の生き物に狩られてしまうのだ。今日もこれから一匹命を落とす。

「ぱぱ！　くまたんいるよ！」

リリィは俺の方を振り返ると、両手をあげてぴょんぴょんとジャンプする。

……………リリィはさっきからエンジェルベアの事を「くまたん」と言っているが、一体どこで熊という生き物の存在を知ったんだろうか。ゼニスや帝都の近くには野生の熊は生息していないはず。きっと絵本か何かで見たんだとは思うが、子供というのは親の知らない所でどんどん知識をつけていくんだな。

エンジェルベア達はある者は寝転がりながら、ある者は歩きながら、見知らぬ生き物、つまりリリィに視線を向けている。人間にも散々狩られてきたはずだが怖がる素振りを全く見せないあたり、奴らの危機意識の低さが現れているな。

「くまたんあそぼ〜！」

リリィはエンジェルベアの親子に近付くと、子供が何匹か集まってゴロゴロしている所に身体を滑り込ませた。エンジェルベアの子供はリリィの半分くらいの大きさで、リリィが抱き着くと大きめのぬいぐるみみたいになっていた。親はリリィに敵意がないことを察知しているのか好き勝手にさせている。子供の方はリリィに興味津々な様子で、抱き着いたりよじ登ったりとやりたい放題

だった。

「あははっ！　ぱぱ〜たすけて〜」

リリィは数匹の子供に乗っかられて、あっという間にもこもこに包まれてしまった。一瞬焦ったが、エンジェルベアの子供はそれほど重さがないはず。リリィの声にも苦しそうな様子はない。俺は心を落ち着けると、ピンクの毛玉の中から俺を呼ぶ声を少しの間スルーしてサッと周りに視線を走らせた。

リリィの視界が塞がっている今はチャンスなんだ。ここに来た目的を忘れた訳ではない。

「――――あいつにするか」

少し先を成体のエンジェルベアが一匹で歩いている。

俺は獲物を見定めると右手に魔力を集中させた。…………思い出すのはクリスタル・ドラゴンの悲劇。素材ごと破壊しては意味がない。攻撃は的確に、そして最小に留《とど》める必要がある。エンジェルベアにはクリスタル・ドラゴンと違って魔力耐性もないしな。

「――――ッ」

右手に凝縮させた魔力を、今まさに放たんとしたその時――――

「ぷは〜、くるしかったあ」

「ッ――――!!」

リリィが勢いよくもこもこから顔を出す。俺は慌てて魔法陣を掻き消した。

「ぱぱー！　ぱぱもくまたんとあそぼ？」

「あ、ああ…………今行く」

いつの間にか友達になったらしいリリィとエンジェルベアに仲良く見つめられ、俺は重たい足取りでリリィの元に向かった。


…………俺は頭を抱えていた。

「ぱぱ、はやくはやくっ」

…………嘘だ。頭を抱えることすら出来ない状態だった。

「よし、任せとけ」

頭上から降り注ぐリリィの声に応えると、両手両足に力を込める。

――エンジェルベア風情に俺がかけっこで負けるはずがない。たとえ四《よ》つん這《ば》いの状態で、背中にリリィを乗せていたとしてもだ。父親として、娘の前で恥ずかしい姿は見せられない。

「おいついてきた!」

「ハァ…………ハァ…………」

「ぱぱがんばれ~!」

首をもたげると、さっきより親エンジェルベアのお尻が近付いていた。後ろを付いていく子エンジェルベア達は完全に射程圏内に入っている。もう少し力を振り絞れば追いつくことが出来るだろう。

まさかエンジェルベア親子の散歩にこんな形で参加する羽目になるとは思わなかったが、リリィが喜んでいるなら問題はない。

「ハァ……………ハァ…………！」

痛みの限界を超えて、俺はただひたすらに手足を動かした。さっきまで手のひらが捉えていた草原のチクチクした感触は、いつの間にかなくなっている。今この瞬間だけは、エンジェルベアの方がクリスタル・ドラゴンより遥かに手強《てごわ》かった。まさか四足歩行の魔物の散歩がこんなにハイスピードだとは。同じ四足歩行の生き物として素直に称賛に値する。

もうそろそろ追いついたか。

流石にもうそろそろか。

…………まだなのか。

そんな思いが、ギリギリまで引き絞られた肺を満たしつつあったその時――――頭上からリリィの悲鳴が聞こえた。

「ぱぱッ！　くまたんが!!」

リリィの声に顔を上げると――――遠くの方で大人のエンジェルベアが血を流して倒れていた。傍には露出の多い不思議な民族衣装に身を包んだ女性の人影。その人影は、既に死んでいるであろう親に寄り添っている子供に――――ゆっくりと手を向けた。

「ぱぱっ！」

「ああ！」

俺は素早く身体を反転させリリィを抱っこしながら立ち上がると――――人影に手のひらを合わ

せ最も速い魔法を照射した。

「ぎゃんっ!!?」

――――俺の放った光の矢は、綺麗な弧を描いてエンジェルベア殺しの不審者に命中した。不審者は間抜けな声をあげながら草原に倒れ込む。威力を調整したから大怪我《おおけが》はしていないはずだが、当たり所が悪ければ無事で済んでいる自信はない。仰向けに倒れた不審者はそれからピクリともしないので俺は肝を冷やした。

今更誰かを殺すことに何の感情もないが、殺す気がなかった時は話が別だ。娘の前でもあるし。頼む、生きていてくれ。

「ぱぱっ、はやくっ!」

俺の腕から抜け出したリリィがぱたぱたと草原を駆けていく。付いていこうとするも、身体が思うように動かず俺は足を縺《もつ》れさせて転倒した。完全に体力不足だった。

「リリィ、待って………」

リリィの意識は完全にエンジェルベアに向いていて、俺の言葉など聞こえていない。小さな背中はどんどん遠ざかっていく。俺は身体に鞭《むち》を打ち立ち上がると、鉛のように重い身体を引きずってリリィの後を追った。

――――リリィに追いついたのは、現場の目の前のことだった。

「くまたんっ!!」

エンジェルベアの子供は、もう動く事のない親の周りをうろうろとしていたが、やがてペロペロと親の身体を舐め始めた。だがそれに親が応えることはない。生命の力強さを感じさせる草原の緑はここら一帯だけ黒く染まっていて、首筋に引かれた斬撃傷は一つの命を奪うのに充分すぎた。子供はひたすらに親の毛並みを整えている。

リリィは傍にしゃがみ込むと、思い切り子供を抱き締めた。それでも子供は舐めるのを止めない。地面に滲《し》みた血でリリィの服が赤く染まっていく。心配そうなリリィの顔を見ると何も言う気にはなれなかった。

「う〜ん…………なに、いったいなんなの…………？」

ぐるぐると目を回していた不審者がゆっくりと上半身を起こした。サイドで結んだ明るいピンク色の髪がぴょこんと揺れる。

不審者は目を擦ると、ゆっくりと俺を見て、リリィを見て、もう一度俺に視線を戻した。俺と目が合うと、細くなめらかに伸びた眉が不愉快の感情をかたどる。まあいきなり攻撃されたんだ、そうなる気持ちも分かる。

「え、あなた達…………何？」

「俺達はピクニックに来た親子だ」

親の方は少し別の用事もあったりするが。

「お前がエンジェルベアを殺そうとしているのが見えたんでな、悪いが攻撃させて貰った」

「ちょっと待って…………私がこの子を殺そうとしたですって？」

不審者はリリィに抱き締められているエンジェルベアの子供に目を向けた。その瞳に敵意のようなものは一切感じられない。

「違うのか？」

………正直な所、傷跡を見た時点で犯人はこいつではないと分かっていた。傷跡は大きな刃物で斬りつけられたもので、彼女はそれが可能な刃物を身に着けていなかったからだ。

「逆よ、逆。私はこの子達に何かトラブルがないかを確認しに近くの村から来ているの。この子達の保護者代わりってワケ。それでこの子が殺されてるのを見つけて驚いてたら、いきなりアンタに攻撃されたのよ」

不審者は責めるような視線を俺に向けてくる。今となっては俺の方が不審者だった。

「………それは済まなかった。俺もエンジェルベアを守ろうと必死だったんだ。許してくれないか」

「そういう事なら………まあいいわよ。私もこうして無事だった訳だしね」

不審者は服に付いた芝生を払うと身軽な動作で立ち上がった。

「私、カヤ。アンタは？」

「俺はヴァイス。こっちは娘のリリィだ」

「ヴァイスとリリィね。可愛い娘さんじゃない」

カヤはリリィの頭をぽんぽんと撫でた。リリィは悲しみに暮れた目で俺を見上げる。

「………ぱぱ、くまたんどうなっちゃうの………？」

リリィの目には涙が浮かんでいた。この子供に何が起きたのか、リリィも察しているんだろう。もしかするとかつての自分を重ねているのかもしれない。リリィのその辺りの事については、親子の間でも話題に出せないでいる。

「カヤ、この子はどうなるんだ？　エンジェルベアは子供だけで生きていけるのか？」

俺の質問に、カヤは難しい顔をして首を横に振った。

「…………正直、厳しいわ。ただでさえエンジェルベアは天敵が多い生き物だから。それに基本的に子供は親にべったりなの。この子はまだ、ひとりでは何にも出来ないわ」

「カヤの村で保護する事は出来ないのか？　保護者代わりだと言っていたが」

「そりゃ保護することは出来るけど…………それを言ったらこの子達全員を保護しなくちゃいけなくなるわ。エンジェルベアは常に命の危険に晒《さら》されているの。この子だけが危険な訳じゃない。今、目の前のこの子を助けることが、どういう意味を持つのかを、私達はずっと前から考えてきたわ。その結果、私達は見回りだけをすることにした。この意味、分かる？」

「まあ、何となくはな」

カヤが言っているのは、つまり人が自然の在り方を変えてはいけないだとか、目に映る範囲だけを救うことは偽善ではないのかだとか、そういう事だろう。

――――あの日、俺はリリィを助けた。奴隷を買ったのは後にも先にもあの一度だけだ。

カヤは「この世の奴隷を全員助けられないのなら、善意で目の前の奴隷を助けるべきではない」という考えで生きているというだけの話。俺とは真逆の考えに思えるが、根本が違う。そもそも俺は善意でリリィを助けた訳ではない。

「ぱぱ…………」

さっきまで悲しみに染まっていたリリィの瞳。いつの間にかその奥に小さな意思が生まれていた。子供にしかない、純粋な力強さ。

リリィが今から何を言うのか、何故だか分かる気がした。

「くまたん…………うちでかっちゃだめ…………？」

「…………そうきたか」

どうやら俺は未来視の能力に目覚めてしまったらしい。リリィは俺の想像通りのセリフを言い放ち、腕の中のエンジェルベアをぎゅっと抱き締めた。エンジェルベアは絞られるようにきゅ〜と鳴く。エンジェルベアってそんな鳴き声だったのか。

「ぱぱおねがい、ちゃんとおせわするから」

涙の滲むリリィの瞳を受け止めながら――――俺の意識は一年前のあの日にタイムスリップしていた。

――――ボロ布を纏い鎖で首を繋がれて、売り物になっていたリリィ。自分一人じゃ何も出来なかった…………いや、何もしようとしなかったあのリリィが、今ではペットの世話をすると俺を説得している。

…………お世話される側だった、あのリリィが。

「おねがいぱぱ…………」

リリィが潤んだ瞳で俺を見上げる。さっきまで親に意識を取られていたエンジェルベアまで、今はつぶらな瞳で俺を見ていた。

……お前、うちに来たいのか？

「…………カヤ。訊きたいことがあるんだが」

「？　なによ」

「エンジェルベアって――――飼えるのか？」

「…………うーん」

俺の質問にカヤは唇を尖《とが》らせた。ひそめた眉はそのままに、顔を青空に向けて考え込む。

「飼えない…………事はないんじゃないかしら。ヴァイス、アンタどこに住んでるのよ」

「帝都だ」

「てッ、ててて帝都ッ!?　…………ごほん。そ、それなら大丈夫じゃないかしら。大きい庭とか…………あるんでしょ…………？」

「大きくはないが、まあ庭はあるな」

ジークリンデに譲って貰ったあの家は高級住宅街に位置しているだけに、庭はそこまで大きい訳ではない。エンジェルベアは成長が遅いから暫くはあの広さでも問題ないと思うが、成体になったら完全にアウトだろうな。というか、そもそも外で買うには小屋を作らなければならない。その辺を加味すると暫くは室内飼いになりそうな気がするな。

俺は腰を落として、リリィと目線を合わせた。

「リリィ、本当にお世話出来るか？　生き物を育てるのは大変だぞ？」

「うん、りりーがんばる」

リリィの瞳には希望が満ちていた。とはいえリリィはまだ生き物を飼う事の大変さを知らない。三日坊主にならなければいいんだが。

「……………分かった。今からそいつは俺達の家族だ」

リリィに抱っこされているエンジェルベアの頭をそっと撫でると、もこもこした毛が指先をそっと押し返した。その手触りに――――俺は自らの使命を思い出した。そうだ、俺はエンジェルベアの毛皮を取りに来たんだった。完全に忘れていた。

「ヴァイス、ちょっといいかしら」

「なんだ」

ちょんちょん、と肩をつつかれ振り向くと、怪しい目をしたカヤが顔を近付けてくる。

「あの…………あのね。私、一応この子たちの保護者なの。だから――――アンタの家でちゃんとエンジェルベアを飼えるのか、チェックさせて貰うわ。私を帝都に連れて行きなさい」

そう言うカヤの顔は、我が子同然のエンジェルベアが引き取られていく事への寂寥感《せきりょうかん》や不安など一切感じられず、代わりに帝都暮らしを夢見る田舎者のような輝きに満ちていたのだが、俺には関係ない話。

「分かった。ただ、帝都の審査は厳しいから入れなくても文句言うなよ。あと、この死体は貰っていく」

有無を言わせず俺はエンジェルベアの死体を魔法鞄に収納した。直に触れた感じでは死んでから少し時間が経っているようだった。そもそもこの見晴らしのいい草原で犯人の姿が見えないのだから当然か。一体誰が何の為に命を奪ったのか、気にならないと言えば嘘になるがそれを今知る事は不可能に思えた。

「よし、じゃあ早速戻るわよ！」

カヤが拳を掲げ歩き出す。俺の魔法二輪車が停めてある方向とは完全に逆方向なんだが、彼女は一体どこに向かうつもりなんだろうか。自分の村に帝都への足でもあるのか？

「おい、どこに行くつもりだ」

「どこって……車か何かあるのよね？　案内してよ」

「それなら逆方向だ。それに……俺の車は二人乗りだぞ？　悪いがお前を乗せるスペースはない」

「なっ――――!?」

カヤは顔を強張らせ、口をパクパクと動かす。

「お前の村に帝都への移動手段はないのか？」

「アンタ田舎を何だと思ってるの！　そんなものある訳ないでしょう？」

「いや、知らないが……」

ここより何倍も遠いゼニスにすら帝都への移動手段はあった。まああの街は終わってる面もあれば妙に進んでいる部分もあるからな。比較対象としては正しくないかもしれない。

「ちょっと、何とかならないの？」

「ロープで引きずっても生きていられるなら何とかなると思うが」

「無理に決まってるでしょ！　アンタ乙女にとんでもない事言うのね…………」

すすっと俺から距離を取るカヤだったが、あっと声をあげ手を叩いた。

「そうだ、さっきの鞄！　あれに入れてよ。魔法の力でいっぱい入るんでしょ？」

…………バカと天才は紙一重だと言うが、今回は天才側に転がったのかもしれない。

「――――よし、それでいこう。生きた状態のものを入れた事がないからどうなるかは分からないが、まあ大丈夫だろ」

「え、ちょっと、めちゃくちゃ不安なんですけ――――きゃっ!?」

言い終わる前に、カヤは魔法鞄に吸い込まれていった。

帝都に着いたら、中がどんな感じになっているのか訊いてみよう。

――――生きていれば、の話だが。


「…………さて、どうなるかな」

帝都近くの草原で俺は魔法二輪車を停車させた。

俺が持っている魔力鞄は所持者の魔力を流して空間を拡張するタイプだから、中で何かが生きている事は感覚で分かっている。それにしては動きがないのが気になるが…………隅っこでじっとしているのかもしれないな。

俺は鞄を地面に降ろすと、その封を解いた。

ぽんっとカヤが飛び出してきて草原に降り立つ。心配はしていなかったが、とりあえずは無事のようで一安心だ。生きているものを入れても大丈夫だというのは、なかなか大きな発見だな。

「カヤ、中はどうだった？」

「…………」

カヤは立ち尽くしたまま、ぽーっと空を見上げている。完全に心ここにあらずといったこの様子は……学生時代に既視感があった。難解な魔法書を読んだ後のジークリンデが、時折似たような感じになっていたのを思い出す。世界の真理にでも触れたんだろうか。

「かやおねーちゃんうごかないね」

「そうだな。おかしくなっちゃったのかも」

リリィがカヤの足をぺしぺしと触るが、カヤは依然として意識を空の向こうに飛ばしたままだ。その横ではエンジェルベアが早速草原に寝転んでリラックスし始めた。親を失ったばかりだというのにこの切り替えの早さは、流石魔物といった所か。消しようのない悲しみなど、忘れられるなら忘れた方がいい。

そうこうしていると、カヤが身を震わせて声をあげた。

「――――ハッ!?　なに!?　ここどこ!?」

「わわっ」

急に覚醒したカヤにびっくりしてリリィが尻もちをつく。大丈夫かと一瞬心配になるが、そのままエンジェルベアと遊びだしたので俺はカヤに視線を戻した。

「カヤ、大丈夫か」

「ヴァイス…………で合ってるわよね？　ごめん、ちょっと頭が混乱してて」

カヤは寝起きのようなパッとしない顔で頭に手を当てる。

…………魔法鞄で人を運ぶのはもう止めた方がいいだろうな。どう見ても人体に影響がありそうだった。

「ここは帝都の近くだ。お前がうちをチェックしたいと言うから運んだんだが、そこの記憶はあるか？」

「うーん…………」

カヤは眉間にシワを寄せて…………あっと声をあげて俺を睨んだ。

「ちょっと！　アンタのせいで死にかけたじゃない！　責任取りなさいよね!?」

「死にかけたのか？」

「そうよ！　アンタに無理やり鞄に入れられてね！」

「無理やりではなかった気がするが…………」

…………自分から提案してたよな？

「とりあえず帰りは背中に乗せてやるから安心しろ」

「帰り？」

そこでカヤは何故か不思議な顔をした。疑問が生まれる余地があるとは思えないが、一体俺達はどこで食い違っているんだろうか。

「私、帰らないわよ？」

きょとんとした顔でカヤは言う。

「…………は？」

帰らない…………？

まだ頭が混乱しているのか？

「アンタみたいなエンジェルベア素人にあの子を任せるなんて、怖くて出来ないもの。仕方ないからこの私が暫く様子を見てあげるわ。…………あ、勿論衣食住は用意して貰うわよ？　私いま、無一文だから」

カヤはこれでもかと胸を張って得意げな顔をした。

全く意味が分からない。鞄のせいでおかしくなったのかと思っていたが、こいつは元々おかしい奴だったんだ。こんな奴は帝都に入れるべきではないだろう。

門兵の真面目な仕事振りに望みを託しつつ、俺達は帝都に向かった。


「どうぞ、お通りください」

「…………は？」

威圧感のある銀色の鎧《よろい》に身を包んだ兵士は、俺を見るなり頭を下げて門への道を譲った。

「いやいや…………見るからに怪しいだろ俺達。もっとちゃんと調べてくれ。そして出来れば一人は止めてくれ」

俺、魔物を抱っこしたエルフの少女、民族衣装に身を包んだ明らかにおのぼりさんの女性という怪しさ満点のパーティ。

これを通すなら一体何を止めるというのか。特にカヤなど、取れるんじゃないかというくらい首を左右に振ってきょろきょろしている。リリィより落ち着きがないのは大人としてどうなんだ。

「ちょ、ちょっと何よ⁉」

さあどうぞ、とカヤの背中を押して門兵の前に押し出すが…………兵士はカヤに目もくれず手を街中の方へ向けた。

「ヴァイス様がお連れした方は無条件で通せ、とジークリンデ様より仰せつかっておりますので」

「…………そういう事かよ」

ノーチェックで誰でも帝都に入れられるというのは、魔法省の中でも一部の役職にのみ与えられている特権だ。どうやら俺は、いつの間にか魔法省の高官と同等の権力を得てしまっていたらしい。

ジークリンデの奴、気を回しやがって…………

「え、なになに⁉　ヴァイス、アンタ凄い奴だったの⁉」

「ぱぱはすごいんだよ！」

「きゅ～」

俺達のやり取りを見ていたカヤが騒ぎ出す。

初めての帝都を前にして居ても立っても居られない様子で、上官から通せと言いつけられている門兵ですら不安げな視線をカヤに向けていた。

…………悪いことは言わないからこいつはつまみ出した方がいいと思うぞ。ジークリンデには黙っておいてやるからさ。

「いざ帝都！　ヴァイス、案内よろしくね」

門兵に自分を止める気がないと悟ったカヤが大股で歩き出す。

その背中を、俺と門兵は見送った。ごめんと目線で伝えると、門兵は僅かに頷いた。

「ほらヴァイス！　ぼさっとしてないで行くわよ！」

カヤが振り返って叫ぶ。

初めての帝都だというのに、この堂々とした立ち居振る舞いはある意味大物かもしれないな。

「はいはい…………」

それにしても…………まさか魔物の毛皮を取りに行って人間を連れて帰る事になるとは。

小さくため息をつくと、ジークリンデに呆れられる未来が視《み》えた。

やはり俺は未来視に目覚めてしまったのかもしれない。


「これが噂に聞く帝都の街並みなのね…………私、感激だわ！」

「おいカヤ、騒ぐな。注目を集めてる」

商業通りに入る頃には、カヤのテンションは頂点に達していた。

あれこれと早口で捲し立てながら、全ての店舗の店先に足跡をつけている。そしてその先々で住人の視線を独り占めしていた。勿論、嫌な意味でだ。

夜にはジークリンデが訪ねてくる事になっているんだが、このままでは全く間に合いそうにない。商業通りを抜けるのに半日は掛かるだろう。お出かけが大好きなリリィですら、カヤのテンションについていけず大人しくなっていた。

「これが騒がずにいられますかっての！　ヴァイス、アンタ私の村から帝都に出てこられる確率を知ってて？」

「知らん。三割くらいか？」

口では言わなかったものの、カヤは明らかに帝都に憧れていた。エンジェルベアの事などきっと帝都に入る為の口実に違いない。その様子から察するに、カヤの村から帝都に移住するのはそれなりにハードルが高いことだと予想がつく。

三割という数字にはそれなりに自信があったのだが、カヤは自嘲気味にふっと息を吐いた。

「バカ言ってんじゃないわよ。…………一パーよ、一パー。帝都に移住出来るのは百人に一人いればいい方ね」

「そうなのか。別に来られない距離ではないと思うが」

カヤの村がエンジェルベアの生息地近くだとするなら、距離的な問題はないはずだ。馬車でも二、三日あれば辿り着けるはず。門での審査だって、身元と目的がはっきりしていれば通らないということはないだろう。

俺の言葉にカヤは大きくため息をついて、肩をすくめる。そして無知な田舎者に呆れる都会人のような視線を向けてきた。

「距離はね。…………問題はお金よ。さっきから見てるけど、やっぱりここおかしいわ。どうしてコーヒー一杯が三百ゼニーもするのよ」

「三百ゼニー？　寧ろ安い方だぞ、それ」

商業通りの一等地に店舗を構えている所なら、その二倍は取られるからな。この前ジークリンデと行った喫茶店のコーヒーは確かそれくらいだった。

俺の言葉にカヤは言葉を失っていた。

あそこの喫茶店でパンケーキでも買って帰るか――――そんな事を考えていると、固まっていたカヤが跳び上がる。いちいちオーバーリアクションな奴だ。

「嘘でしょ!?　三百ゼニーったらね、私が一週間せっせとエンジェルベアの様子を確認して、それでやっと貰える金額なのよ!?」

「一週間で三百？　それは確かに少ないな。帝都暮らしは夢のまた夢だ」

帝都の中で一般的にエリートと認識されている魔法省のヒラ職員の年収が、大体六百万ゼニー。

週給三百ゼニーのカヤの稼ぎは、年収に直すと一万五千ゼニーくらいか。

カヤが自分の村の中でどれほどの地位にいるのかは分からないが、四百倍の差がそこにはあった。

帝都で暮らすのは…………まあ無理だろう。三百ゼニーでは一日をお腹いっぱいで過ごす事すら叶わない。

「でしょ？　だから、アンタには感謝してるのよ。私の面倒を見てくれるなんてね」

そう言うと、カヤはまた全ての店舗の店先を覗く奇行に戻っていく。俺は開いた口を閉じるきっかけを摑めないままその背中を見送った。

…………果たして俺はいつカヤの面倒を見ると言ったのか。そんな記憶は全くないんだが、もしかして魔法鞄に入ったのはカヤではなく俺の方だったのか？

「ぱぱ、くまたんねちゃった…………」

「ん？」

リリィにズボンを引っ張られ目を向けると、エンジェルベアが石畳に寝転んでいた。疲れてしまったのか完全にお休みモードに入っている。

…………無理もない、今日は色々あったしな。

俺はエンジェルベアを抱きかかえて歩くことにした。リリィの半分もないエンジェルベアは抱えても重さが分からないくらいで、初めてリリィを抱っこした時も思ったが、こんなに軽いのにちゃんと生きているというのが、不思議な感覚だった。

「リリィはまだ眠くないか？」

「うん、だいじょうぶ」

「そうか。パンケーキ買って帰ろうな」

「！　りりー、ぱんけきいっぱいたべる！」

「ちょっとちょっと、聞いたわよ。パンケーキってあのパンケーキなわけ？」

これも一つの地獄耳というやつか、俺達の会話を聞きつけたカヤが急いで駆けつけてきた。十メートルは離れていたはずだがよく聞こえてたな。周りの喧騒もあるっていうのに。

「あのパンケーキがどのパンケーキかは分からないが、とにかくパンケーキだ。因みに二千ゼニーするぞ」

「二千ゼニー⁉　ぶくぶくぶくぶく…………」

カヤはあまりの現実に白目を剝いて泡を吹いた。

が、すぐに復活し手の甲で口元を拭う。汚い。

「じゅるっ…………ヴァイス、そのパンケーキは私も食べられるのよね…………？　私は見てるだけとか、そんな酷《ひど》い話ないわよね…………？」

カヤからすれば、自分の月給以上の超高級スイーツ。

一人の乙女としてそんなチャンスを逃す訳にはいかないんだろう、カヤは泡を拭った両手で俺の手を摑んだ。汚い。

「お願いよ〜〜ヴァイスぅ〜〜…………」

――――ここで冷たく突き放したら、カヤは一体どんな表情を見せてくれるんだろうか。

気にならない訳じゃなかったが、カヤの涙目を見ているとそんな気も失《う》せるのだった。

頭の中がパンケーキでいっぱいになったのか、カヤは脇目も振らず俺の後ろを付いてきた。一刻も早く月給を超えるパンケーキにありつきたいらしい。

商業通りを順調に進み、俺達はあの喫茶店に到着した。

いつもは混んでいる喫茶店だったが、丁度昼食と夕食の狭間《はざま》の時間帯だからかすんなりと入店することが出来た。その愛らしさ故かエンジェルベアも入店可能だったので、四人掛けのテーブルに俺達は座った。エンジェルベアは座面の上で丸くなっている。

ほどなくして、人数分のパンケーキが到着した。

眠そうなのでエンジェルベアの分は箱に包んで貰っている。俺の記憶ではエンジェルベアは草食だったはずなのだが、カヤ曰く、

「まあ大丈夫じゃない？　食べなきゃ私が食べてあげるわよ」

との事だった。本当にこいつはエンジェルベアに詳しいのだろうか。

カヤは肉厚のパンケーキを前にして、わなわなと震えていた。

震える手でナイフとフォークを手に取ると、おっかなびっくり表面に差し入れる。まるで綿のようにふわっと切れるパンケーキに感嘆の声をあげると、そのままゆっくりと口に運んだ。

――――瞬間、カヤは壊れた。

「～～っ!?　なにこれ、なんなの!?　ふわふわ天国じゃない！」

「ふわふわ、ふわふわ」

――――そこからのカヤは速かった。

ちゃんと味わっているのか不安になるスピードで、カヤはパンケーキを切っては食べ、切っては食べ、ものの一分足らずで肉厚のパンケーキはカヤの胃袋に消え去った。その間、リリィは二口しか食べていない。凄《すさ》まじいスピードだった。

「――――ふう…………」

カヤはパンケーキを完食すると、恍惚《こうこつ》とした表情を浮かべた。その瞳の焦点は、どこか遠くの輝かしい未来で結ばれている。

「…………ヴァイス。私、決めた。帝都で一花咲かせるわ。それで、毎日パンケーキを食べるの」

「そうか。頑張ってくれ」

「ええ、ありがとう」

カヤは目を閉じて、優雅にコーヒーに口をつける。さっきまでの印象が強烈にこびりついているせいで全く様になっていなかった。

真面目な話、カヤは帝都でどうするつもりなんだろうか。村にはカヤを心配している人もいると思うんだが。

「カヤ、村に一言も言わないでいいのか？　家族とかいるんじゃないのか」

「それなら大丈夫よ。帰ってこなけりゃ、エンジェルベアに食われたとでも思うでしょ。私達は大きな世界観で生きてるの――――あ、すいません！　パンケーキおかわりお願いします！」

「エンジェルベアは草食じゃなかったか？」

こいつは本当にエンジェルベアに詳しいのだろうか。

不安で仕方がない。

「………ヴァイス。………私が言いたいことが、分かるか？」

◆

「まあ、何となくはな」

夜。

自宅に帰ってきた俺達は、ジークリンデによって床に正座させられていた。

正確には正座させられているのは俺とカヤの二人で、カヤは、

「これなに!?　一体どうなってんのよ!?」

というような視線をしきりに俺に向けている。リリィは部屋の反対側でエンジェルベアと遊んでいた。

部屋の半分を重苦しい空気が、もう半分をほんわかした空気が包んでいる。叶うなら向こうに逃げ出したいが、目の前の狩人《かりゅうど》がそれを許してくれるとは思えなかった。

「………今朝、私はお前に何を頼んだんだったかな」

額に手を当てて、ジークリンデが言葉を吐き出す。

呆れて物も言えない、そんな空気を隠そうともしない。

「その依頼なら達成してる。鞄の中に入ってるぞ」

そんな事を言いたい訳じゃないのは重々承知しているが、俺としては依頼達成をアピールするし

かない。

「…………びくっ」

カヤは恐る恐るジークリンデに視線を合わせ――――睨まれ一瞬で下を向いた。

止めとけ、今のあいつには誰も逆らえない。

「当然だ。お前ならどんな素材でも収集してくるのは分かっている」

ジークリンデはそこで部屋の反対側に視線を向け、その後カヤに目を落とした。

「――――私が言いたいのは。どうして素材収集の依頼をしたら一人と一匹を連れ帰ってくる事態になるんだ、という事だ」

それは俺が訊きたいくらいだ。

そう思ったので、言うことにした。

「それは俺が訊きたいくらいだ」

「ヴァイス」

「…………すまん」

俺は頭を垂れた。今回は全面的に俺が悪い。

ジークリンデは鋭い視線をカヤに移し、指を向けた。

「エンジェルベアを連れ帰ってきたのは、あの大きさを見れば何となく事情は分かる。だがどうして謎の女を連れ帰ってくる。一体誰なんだ、こいつは」

「カヤよ」

「お前には訊いていない」

「ヒィ…………！」

ジークリンデとカヤの対決は一瞬で決着がついた。

ただでさえ状況が不利な上、ジークリンデがこういう場で誰かに負ける姿は想像出来なかった。

「…………ちょっと、ちょっとヴァイス。…………誰なのよこの鬼は」

カヤが小声で話しかけてくる。ジークリンデのあまりの迫力に、一人では太刀打ち出来ないと判断したんだろう。

この距離では完全にジークリンデにも聞こえていると思うが、俺は反応することにした。今はこの窮地を脱することが何よりも優先される。

「…………帝都で五番目くらいに偉い奴だ。逆らったら帝都からつまみ出されるぞ」

「そんなあ…………ヴァイス、何とかしてよ」

「何とか出来たらいいんだがな…………」

ジークリンデからすれば、どこの誰とも知れないカヤの面倒を見る必要は一切ない。帝都の門を潜れた事すら奇跡のような奴だ、つまみ出されても文句は言えないだろう。

…………そもそも、それを言ったら俺だってカヤの事は全く知らない。よく考えれば俺にだってカヤの面倒を見る義理があるようには思えなかった。

ここでジークリンデにカヤを引き渡して、自分の村に帰って貰うのが最も平和的に解決出来る方法なんじゃないか。

「お願いよヴァイスぅ～～…………夢にまで見た帝都なのよォ…………」

カヤは瞳を涙でいっぱいにして俺を見つめる。

「…………はぁ」

ここでカヤを追い返せば、恐らくこいつはもう二度とあの店のパンケーキを食べることは出来ないだろう。そんな些細なことが、何故だか気になった。

俺は顔を上げ、ジークリンデを見つめ返す。

「────ジークリンデ。こいつはエンジェルベアの第一人者だ。エンジェルベアの生態から、素材の正しい加工方法まで何もかも熟知している。そうだな？」

カヤは瞬時に俺の作戦を読み取り、慌てて顔を上げた。

「えっ、ええ！　その通りよ！　私は生まれた時からエンジェルベアと一緒だったの！　エンジェルベアの事なら何でも訊いて頂戴！」

三文芝居を始めた俺達を、ジークリンデは冷ややかな視線で見下ろす。何もかも見透かされているような気がしたが、今更止まることも出来ない。

「カヤは俺達の事情を聞いて、特別に付いてきてくれたんだ。魔法省でこいつの面倒を見てくれないか？」

養うだけならジークリンデを頼る必要はないが、流石にそこまでする義理は俺にはない。帝都で生活基盤を作るとなれば魔法省の世話になるのが一番だった。住居の手配から仕事の斡旋まで、魔法省は何でもやっている。

「お願いします！　私、帝都で暮らしたいの！」

カヤは今度は逃げなかった。ジークリンデの冷たい視線を負けじと見つめ返している。

…………その甲斐あってか知らないが、ジークリンデはため息をついて、肩を落とした。

「…………分かった。こいつの事は魔法省で面倒を見よう。――――ところでヴァイス、この女は本当にエンジェルベアに詳しいのか？」

「エンジェルベアを肉食だと思ってるくらいにはな」

「はぁ…………そんな事だろうとは思ったが。面倒事を持ち込むのもほどほどにしてくれ。私の立場だって万能ではないんだからな」

「本当に済まないと思ってる。悪いが貸しにしておいてくれ」

このペースで借りを作ってしまったら、俺は一生ジークリンデに逆らえなくなるんじゃないだろうか。

何故だかそんな未来が視えた気がした。

◆

勿論、と言っては失礼なのかもしれないが、カヤがエンジェルベアの素材を扱うプロだったという事はなかった。カヤが当てにならないと知った俺とジークリンデは、日を改めて魔法省お抱えの毛皮職人にエンジェルベアの素材を引き渡すことにした。

今は待ち合わせ場所に指定されたいつもの喫茶店で、コーヒーを啜《すす》りながらジークリンデを待っている。

因みにカヤは暫く俺の家に逗留《とうりゅう》するつもりだったようだが、それを聞いたジークリンデが無理やり魔法省に引っ張っていったので、今どこで何をしているのかは分からない。

もしかしたらもう会う事もないのかもな。そうだとしても、俺の心は痛まない。俺は善人ではないからだ。

「済まない、遅くなった」

声が降ってきて、俺は顔を上げる。

急いで来たんだろう、そこには少し息を荒らげたジークリンデがいた。ジークリンデは対面の席に座り一息つくと、額の汗をハンカチで拭った。

「構わないさ。昨日は面倒事を押し付けちまったからな。…………結局カヤはどうなったんだ？」

最悪、帝都からつまみ出されたんじゃないかとまで思っている。俺にもジークリンデにも…………そして帝都にも、彼女の面倒を見る義理はない。フラットな視点で見れば、カヤは俺が勝手に連れて来ただけの不審者に過ぎない。

ジークリンデは相変わらずの鋭い目でメニュー表を眺めながら、淡々とした口調で話し出した。

「…………あの女なら、今は魔法省が管理している住居に住まわせている。元の村に返しても良かったんだが、それを伝えたら私の足にしがみついて泣き喚《わめ》くんでな。パンケーキパンケーキと叫んで話にならなかった」

カヤと一緒に過ごした時間は短いが、その映像は鮮明に思い描く事が出来た。ジークリンデの眉間にはさぞ沢山の皺が刻まれた事だろう。

「…………大変だったみたいだな」

「本当にな。ヴァイス、お前は一体何を考えてあの女を連れて来たんだ？」

「勝手に付いてきたんだ。帝都の人口が一人増えようと俺には何の関係もないからな。断る理由がなかった」

「奴が問題を起こせば、それは奴を連れて来たお前の責任になるんだがな」

ジークリンデはそこで注文の為に言葉を切った。

コーヒーだけかと思ったが、ジークリンデは合わせてパンケーキを注文した。長居するつもりだろうか。

「お前が問題を起こせば、それはつまり私の責任という事になる。その事を肝に銘じてくれ。まあ、お前が言って聞く奴だとも思っていないが…………」

「いや、気を付けるよ。俺も問題を起こしたい訳じゃない。リリィの入学も控えているしな」

親が悪い意味で有名になってしまっては、リリィの学校生活に影響が出るかもしれない。リリィが学校を卒業するまでは隅っこで大人しくしているつもりだ。

「入学といえば、必要なものは揃っているのか？」

到着したコーヒーで口を湿らせてから、ジークリンデは口を開いた。

やはり今日は長居をするつもりらしい。ジークリンデからはまったりとした空気を感じる。

「大体はな。ただ、帽子が必要になりそうなんだ」

「帽子？　…………そこまでなのか？」

帽子には魔力を安定させる役割があり、通例として上級生から着用することになっている。勿論生徒によって魔力量には差があるんだが、それを考慮しても入学段階から帽子が必要になる生徒など俺は聞いたことがない。

ジークリンデもそれを知っているからこそ、驚きを隠せない様子だった。

「ああ。はっきり言って、リリィの魔力量は図抜けている。中級生に上がる頃には俺を抜いているかもな」

魔法学校は十二年制だ。最初の六年が下級生、次の三年が中級生、最後の三年が上級生。

しかし十二年全て在籍しなければ正式に魔法使いと認められない訳ではなく、途中で入ってくる奴もいれば一足早く魔法職につく奴もいて、その辺りは個人の実力次第で何とでもなる。

ぶっちゃけてしまえば俺も最後の三年は殆ど蛇足に近かった。特にやりたい事もなかった為在籍していたが。

「…………やはり凄いんだな、種族の差というものは」

ジークリンデは少し寂しそうに呟く。

――――学生時代、自分が手も足も出なかった存在。

そんな俺を中級で抜くかもしれない存在がいるという事に、途方もない『違い』を感じているんだろう。

……俺からすれば、ジークリンデの頭脳は同じだけ誇れるものだと思うんだが、得てして欲しい物と手に入れられる物は違ったりするものだ。

「…………ま、魔力量で負けたからといって、実戦で負けるつもりは当分ないけどな」

ジークリンデの理想を壊さない為にも、暫くは最強であり続ける必要がありそうだ。

こいつの為ならそれくらいはお安い御用。

「フッ…………そうでないと困る。お前は私に勝った男なんだからな」

俺の意図に気付いたかは分からないが、ジークリンデは表情を和らげた。ほろ苦い、そしてどこか落ち着くコーヒーの香りが俺達を包む。

「帽子の素材は決まっているのか？　お前の入れ込み様を見るに、既製品で済ますつもりがないのは予想出来るが。もう入学まではあまり時間がないぞ」

入学式まではもう二週間を切っている。

「いくつか候補はあるんだが、どれも決め手に欠けるのが正直な所だ」

今考えているのは、ダークフレイムドラゴンかケンタウルスの皮を使うこと。それぞれ討伐難度SSランクとSランクの魔物だが、俺はどちらも討伐経験があった。特にケンタウルスは強さの割に素材が優秀な性質を持っている為、今の所第一候補だ。加工もそれほど難しくないし。

「ジークリンデ、お前は何か知らないか？」

日々魔法省の巨大な情報網に引っかかるあらゆる知識を、ジークリンデは全て把握している。その中には俺が知らない情報も沢山あるだろう。

内心期待していると、ジークリンデはゆっくりと口を開いた。

「…………妖精の国。そこに稀代《きたい》の帽子職人がいるという噂を、聞いたことはあるか？」


妖精の国・アンヘイム。

それは帝国領の端にひっそりと存在する少規模国家である。

代々妖精王が治めているアンヘイムの大きな特徴は…………ずばり妖精とエルフしか住んでいないこと。主要種族の中でも特に魔法に精通する二種族で構成されたアンヘイムは、帝国でも随一の魔法国家なのだ。

アンヘイムは帝国に属してはいるものの謎の多い国家で、内情は分かっていないことも多い。魔法戦争に発展すれば帝国も多大な被害を被る事が予想される為、強引に国交を拡張することも出来ていないのが現状だ。

アンヘイムとの商業取引が活発になれば、質のいい魔法具が簡単に手に入るようになるんだがな。

「妖精の国ね…………だが、あの国は妖精とエルフ以外の入国に縛りをつけているはずだ。俺が行ってすんなり入れるものなのか？」

国家の中には、少ない種族で構成されたものもあり、そういう国家はそれ以外の種族の入国を制限している場合が多い。

妖精とエルフで構成されたアンヘイムはそのいい例で、妖精とエルフであれば何の問題もなく出入り出来るが、それ以外の種族は厳しい入国審査を受ける必要がある。その厳しさは帝都の比ではないらしい。帝都の審査が厳しい、というのはあくまで種族を限定しなかった時の話なのだ。

そんな訳で、勿論俺はアンヘイムを訪れたことはない。同じような成り立ちのエルフの国には行ったことがあるんだがな。

「――確かにその通りだ。アンヘイムの入国審査原則には、こう記されている。…………『妖精、エルフ、またはそのどちらかを家族に持つ他種族以外の入国を制限する』――と」

眼鏡の奥の、ジークリンデの鋭い目が――ギラリと光った。

「リリィと家族になったお前は、既にアンヘイムの審査条件をクリアしている。問題なく入国出来るはずだ。リリィを連れて行く必要はあるだろうがな」

ジークリンデの言葉に俺は驚き、固まった。

アンヘイムの入国審査原則は読んだことがない訳ではなかったが、自分に当てはまる事柄はないと記憶から消去してしまっていたのだ。まさか自分にエルフの家族が出来るなど思う訳もない。


エンジェルベアの素材を職人に引き渡し、ついでに職人にちょっとしたお願いを済ませてジークリンデと別れた帰り道。

「…………どうすっかねえ」

夕日に向かって投げた言葉は、空気に溶けて消えていく。

考えるのは勿論、アンヘイムの事だ。

…………入学まで約二週間。

もしアンヘイムに行くとなれば、魔法二輪車を使っても片道二日は掛かるだろう。滞在を三日間としても、帰ってくるまで一週間は掛かる。

決断の期限としては今日明日が限界だった。リリィにはまだまだ教えたい事も多い。必要な物だってまだ揃い切ってはいなかった。

「…………別に、ドラゴンやケンタウルスの帽子だって悪い訳じゃないんだよな」

当初予定していたダークフレイムドラゴンやケンタウルスの素材を使用した帽子だって、今手に入れられる物の中では最高峰に位置するだろう。アンヘイム製の魔法具にも引けを取らないはず。だが、流石にアンヘイムの中でもトップクラスの帽子職人が作る製品には劣るだろう。その事が俺を悩ませていた。

――――どうせなら、リリィには最高の物を使って欲しい。

その想いだけが、頭の中でぐるぐるしている。

結局答えの出ないまま、俺は自宅に帰ってきた。一人と一匹が待つ自宅。

「ただいま」

軽く声を掛けると、リビングからリズムの違う二つの足音が聞こえてくる。

「ぱぱおかえり！」

「きゅ～」

リビングからリリィとエンジェルベアが飛び出してくる。

リリィは俺に駆け寄ってきているが、エンジェルベアは訳も分からずリリィの後ろを付いてきているだけのようで、リリィが俺に抱き着くと手持ち無沙汰な様子で床に寝転んだ。

リリィを抱っこしてリビングに戻ると、エンジェルベアが後ろを付いてくる。そういえばこいつに名前をつけないといけないな。

「リリィ、エンジェルベアに名前はつけたのか？」

「なまえ？　くまたん！」

「くまたんか、いい名前だな。きっとこいつも喜んでる」

それはリリィにエルフ、ジークリンデに人間と名付けるようなものじゃないかとも思ったが、リリィが名付けたのなら間違いはない。

口内で何度か呼んでみると、うん、これはこれでしっくりくるような気がした。こいつは今日からくまたんだ。

「――――なあ、リリィ。ちょっと訊きたいことがあるんだが」

ソファにリリィを降ろしながら、俺は訊いてみることにした。

「？　なぁに？」

リリィはソファに座って首を傾げている。くまたんがソファに登れず苦戦していたので、背中を摑んで乗せてやった。くまたんはソファの上をよちよちと歩いて、リリィの傍で丸くなった。すっかりリリィに懐いている。

「一週間くらいお出かけ出来るって言ったら…………したいか？」

「おでかけ!?　する！」

リリィは即答した。

こうして、俺とリリィのアンヘイム行きが決定した。

不在中のくまたんの世話は…………そういえば今、帝都に一人適役がいるんだった。

明日にでもジークリンデに住所を訊くことにしよう。

◇

コンコン。

コンコン。

木製の分厚いドアがノックされ、乾いた音が部屋に響く。

「――お嬢様。ジークリンデお嬢様。起きていらっしゃいますか？」

少女らしさを多分に残した瑞々《みずみず》しい声が耳朶《じだ》を打ち、ジークリンデ・フロイドは目を覚ました。

寝起きの気分は優れない。それはいつもの事だった。

（…………）

ジークリンデはぼやけた頭の中で上半身を起こすと、もう毎朝恒例となってしまった小さな罪悪感を噛み潰してドアの向こうに声を掛ける。

「…………起きている。下がっていいぞ」

――ジークリンデは魔法学校を卒業して十年が経つ。今年で二十八歳の身だ。

「おはようございます、ジークリンデお嬢様」

もぎたての果実のような、甘酸っぱい声がドア越しにジークリンデを刺激する。魔法省で日々上司としての顔と部下としての顔を使い分けているジークリンデとは違い、若い彼女の敬語はまだ覚《おぼ》束《つか》ない。その似合わなさに、ジークリンデは自らが積み上げてしまった月日を痛感するのだった。

(…………慣れないものだな、この感覚は)

年下のメイドに起こされる、というのはジークリンデにとって恥ずかしいやら申し訳ないやらでとても居心地が悪く、そもそも「お嬢様」と呼ばれる事すらむず痒《がゆ》い。かといって、辞退しようにも彼女達には仕事を全うする義務がある。

いくらジークリンデが「必要ない」と言った所で、もしジークリンデが寝坊をしたらその日担当のメイドは解雇されてしまうだろう。板挟みにあう辛さは、若くして魔法省長官補佐の座に収まっているジークリンデはよく知る所だった。

そんな訳でジークリンデは毎朝少しの居心地の悪さに起こされながらも、そんな毎日を受け入れている。メイド連中もジークリンデのそういった微妙な心持ちは理解しているようで、自らの仕事を終えると足早に去っていく。

それがフロイド家の朝。

――――しかし、この日は違った。

「お嬢様。朝早くから申し訳ありません。応接室でお客様がお待ちになっております」

「客…………だと?」

メイドの言葉に、まだ寝起きのまどろみにあったジークリンデの頭脳が一瞬でクリアになる。天蓋付きの豪奢《ごうしゃ》なベッドから這い出ながら、仕事モードになった頭は自分を訪ねてくる可能性のある人物を想起し始める。

――まず思いつくのは仕事関係。しかし今日は休日で、わざわざ休日の早朝に自宅まで訪ねてくるような緊急の仕事はなかったはず。

そして次に可能性があるのはフロイド家関係。だがこちらも来客の予定は入っていなかった。

最後に残った私生活関係は…………残念ながら考えるまでもない。

ジークリンデの交友関係は寂しさを極めている。唯一交流があるのがヴァイスだが、彼が訪ねてくるとは思えなかった。

…………なにせ仲が良かったはずの学生時代にすら、一度も訪ねてこなかった男だ。こちらは何度も彼の自宅に足を運んでいるというのに。

「一体誰なんだ？」

早朝から訪ねてきたという客に全く見当がつかず、ジークリンデは僅かに身体を緊張させながら分厚いドアの向こうに言葉を投げる。

――もし下らない用件であれば、取り次いだメイド共々叱責してやろうと考えながら。

そんなジークリンデの脳内は、メイドの返事を聞いた瞬間、真っ白になった。

「ヴァイス様です。あとはリリィちゃんとペットの魔物？　も一緒です」

「ヴァイスだとッ!?」

完璧に予想外の来客にジークリンデは跳び上がり、その細い身体を無意識に抱き締めた。しかしその後すぐに我に返ると、姿見に走って全身をくまなくチェックする。そこには寝起きでぼんやりした顔付きの自分がいた。当たり前だが、大好きな彼の前に出られるような有様ではない。

ジークリンデは慌ててドアの向こうに言葉を飛ばす。眠気はすっかりどこかに飛んでいっていた。

「お、おい！　絶対にこの部屋に入れるなよ！　応接室に閉じ込めておけ！」

「かしこまりました――――少し時間が掛かる、と伝えて参ります」

「頼むぞ！」

ジークリンデの言葉を受け、ドアの前で控えていた若いメイドは踵を返した。


応接室へ向かいながら、若いメイドの脳内にはメイド長から教えられた一つの噂が浮かんでいた。

曰く――――

『お嬢様には、学生時代からの想い人がいるのさ。お嬢様は十年経った今でもその人の事を想い続けてるんだよ。な、可愛い所あるだろ？』

――――と。

モーニングコール係に任命された彼女の緊張を和らげる為に伝えられたその噂を、彼女は話半分に聞いていた。まだハタチにも満たない彼女には、人生の半分の間も同じ人を想い続ける事などとても不可能に感じられたのだ。

…………しかし。

「………あの噂は、本当だったんだわ」

ドア越しでも分かる。

さっきのお嬢様の慌てっぷりは――――紛れもなく恋する乙女のそれだった。

「………ふふっ」

先輩メイド達が、冷徹なジークリンデに対しどうして真っすぐな親愛の情を向けているのか。

まだフロイド家に仕えて日の浅い彼女はそれをずっと不思議に思っていたのだが、今なら何となく分かる気がした。

一見冷たい印象を受けるお嬢様だけれど、その心の内には乙女も唸ってしまうような、熱い恋心を秘めているのだ。それが分かれば、普段の冷めた対応も不器用な親愛表現に感じられるというもの。

口の端を僅かに緩めながら、メイドは応接室のドアをノックした。

◆

カヤの居場所を訊く為にジークリンデの家を訪れた俺達は、そのあまりの迫力に思わず足を止めた。目の前に建っていたのは、最早《もはや》家ではなく城と言った方が正確なくらいの豪邸だった。

「ほぁ～………おひめさまみたい………」

リリィがうっとりとした表情で呟く。

「というか……冷静に考えたら、あいつってお姫様みたいなもんだよな…………」

なんたって、帝都でも有数の名家であるフロイド家の令嬢なのだ。あの城の中ではきっと俺の想像もつかないような生活を送っているんだろう。部屋着がドレスだったりしてな。

きっと誰もが羨むような生活だと思うのだが、しかしジークリンデ本人は家を出たいらしい。父親が許してくれない、といつだか嘆いていた。卒業と同時に家を飛び出した俺とは正反対だが、きっと名家ならではのしきたりがあるんだろう。

朝早すぎたのかジークリンデはまだ寝ているようで、俺達は応接室に通された。時間が掛かるらしく、若いメイドがリリィの遊び相手になってくれている。くまたんはソファの上で丸くなっていた。

「えっとねー、これがくまたん！　それでね、こっちはぱぱ！」

「リリィちゃん、お絵描き上手だねー」

「うん！　りりーおえかきすきなんだー」

お絵描きセットで遊んでいるリリィを眺めていると、音もなくドアが開きジークリンデが姿を現した。てっきり寝間着姿で来るものかと思っていたんだが、何故かジークリンデは魔法省の制服を身に纏っていた。今日は休日だと聞いていたんだがな。

「…………」

ジークリンデはドアの前で立ち止まり、室内に視線を彷徨わせる。

リリィと遊んでいるメイドの上で一瞬視線を止めた気がしたが、そのままスルーしてこちらに歩いてきた。

「…………待たせたな」

「いや、構わないさ。こっちこそ朝早くに済まなかった」

ジークリンデは俺の向かいに腰を下ろした。いつも通りのキリッとした表情は、とてもさっきまで寝ていた人間には思えない。きっちりした性格のジークリンデは、きっと寝ボケなどというものとは無縁なんだろう。羨ましい限りだ。

「それで一体何の用なんだ。お前が訪ねてくるなど、初めての事だと記憶しているが」

「そうかもな。時間がないんで用件だけ伝えさせて貰う。カヤの居場所を教えてくれ」

「…………この前の女か。何か用があるのか？」

ジークリンデは鋭い視線を俺に向ける。

帝都の安全を守る仕事をしているジークリンデは、まだカヤを不審者として怪しんでいるのかもしれない。俺の所感ではアイツはただのアホだと思うが、根無し草の俺と魔法省長官補佐のジークリンデでは責任が違いすぎる。慎重になるのも仕方ないというものだ。

「妖精の国に行くことにしたんでな。あいつの力を借りたいんだ」

「な――――ッ!?」

ジークリンデは何故か大声をあげ立ち上がった。

リリィの面倒を見てくれていたメイドがビクッと背筋を伸ばして振り返る。自分が怒られた訳ではないと知ると、ホッとした様子でリリィに向き直った。

「な、なんだそれは…………！　お前ッ、それはつまり…………奴を、母親として連れて行くつもりだとでもいうのか…………!?」

「…………は？」

ジークリンデの見当違いな予想に、俺は思わず言葉を漏らした。

…………こいつ、やっぱりまだ寝ぼけているのか？

「な訳ないだろ。留守の間くまたんを預かって貰おうと思ってるんだ」

「そ、そうか…………」

相当動揺したのか、顔を強張らせたままジークリンデはソファに腰を下ろした。

「くまたんというのは…………エンジェルベアの事で合っているか？」

「そうだ。カヤはエンジェルベアについて詳しいし、どうせ暇してるだろ。預けるにはうってつけだと思ってな」

エンジェルベアについて詳しい、という所は正直自信がなかったが、少なくとも暇なのは間違いない。

「そういう事なら…………ほら、これが住所だ」

ジークリンデは卓上のメモにさらさらと何かを書き込んで渡してきた。この住所は…………確か中流住宅街だったたか。魔法省が面倒を見ているだけあって、無職の割に良い所に住んでいるみたいだな。

「助かる。それじゃあな」

「ま、待て！」

腰を上げた俺をジークリンデが呼び止めてくる。

視線を向けるが、ジークリンデはそっぽを向いて口をもごもごと動かすだけだった。

「…………何だ？」

「…………いやその…………何でもない。気を付けて行ってこい」

「精々楽しんでくるさ――リリィ、カヤおねーちゃんの所行くぞー」

「うん！」

くまたんを抱っこしたリリィがぽてぽてと走ってくる。

ジークリンデに礼を言い、俺達はフロイド家を後にした。

俺が住んでいる区画を高級住宅街とするならば、カヤが居を構えている区画は一般的に中流住宅街と認知されている。

一人暮らし用の集合住宅から二世帯住宅まで、あらゆる外観や大きさの家が乱雑に立ち並ぶこの区画は、街灯一本に至るまでこだわられている高級住宅街や華やかな店舗が立ち並ぶ商業通りとは違い、視覚的な美しさは皆無と言っていい。その証拠に、視線を落とせば道の端にはゴミが転がっている。清掃が行われていない訳ではないが、単純に間に合っていないのだ。マナーの悪い住人も多いしな。

美しさで言えば前述の区画に大きく水をあけられている中流住宅街だが、俺はこの空気が嫌いじゃなかった。かくいう俺の実家もここではないが中流住宅街にある。

カヤの家は二階建てのこぢんまりとした集合住宅だった。優雅な生活とは無縁だが、少なくとも無職が住めるような所ではない。

「あら、ヴァイスじゃない。一体どうしたってのよ」

カヤは突然訪ねてきた俺達をニコニコ笑顔で迎え入れた。帝都は別に移住を夢見るほど上等な所でもないと思うんだが、カヤの夢はまだ壊れていないらしい。果たして一か月後同じ笑顔を保てているか、見ものだな。

無一文だったはずだが、カヤは真新しい部屋着を身に纏っている。きっとジークリンデあたりが金を貸したのだろう。

服とは正反対に髪はボサボサで、ひと目でダラけていたのだと分かった。俺には好都合だ。

「悪い、ちょっとあがっていいか？」

「？　いいけど………何もないわよ？」

カヤの部屋は最低限の家具は揃っているものの、本当に必要最低限といった具合で、閑散とした印象は拭えない。テーブルへの着席を勧められたものの、俺はそれを断って本題を切り出した。長居をするつもりはない。

「――――突然なんだが、一週間ほどエンジェルベアを預かって欲しいんだ」

「くまたんだよ！」

リリィが背伸びをして腕の中のくまたんをアピールしてくる。「ちゃんと名前で呼べ」と顔に書いてあった。

「…………それ、人前で言うの恥ずかしいんだが…………ダメか？

「…………くまたんを預かって欲しいんだ」

「えー…………」

カヤは見るからに嫌そうな顔をした。何なら口に出ていた。

くまたんにちらっと視線を向け、口をへの字に歪《ゆが》める。

「あのジークリンデとかいうおっかない人に頼めばいいじゃない。偉いんでしょ、あの人。この部屋もすぐ貸してくれたし」

カヤは部屋を見渡して満足そうな表情を浮かべた。俺には殺風景な一室にしか見えないが、カヤからすれば、ここはずっと夢見ていた自分だけの城だ。

「あいつは多忙なんだ。何とかしてくれるとは思うが、出来る限り手間は掛けさせたくない。それにお前だったらエンジェルベアに詳しいんじゃないかと思ってな」

「別に詳しくないわよ。私、ただ見回ってただけだから。そういうワケで他を当たって頂戴」

話は終わりよ、とばかりに手で払うジェスチャーをするカヤ。

…………出来ればカヤにお願いしたかったんだが、この感じじゃ無理そうだな。

「分かった。他を当たるよ」

他に当てがある訳ではないが仕方ない。最悪は実家を頼るという選択肢も視野に入れる必要がありそうだ。

世話代としてテーブルに置いていた白貨をポケットに戻すと、カヤは金属音に反応してビクッと視線を向けた。テーブルとポケットを交互に指差して、焦った様子で口を開く。

「えっ、いま…………なんか戻した？」

「世話代として払うつもりだった白貨だ」

「白貨？　それっていくらだったっけ？」

「十万ゼニーだ」

「ぶほッ!?」

カヤは吹き出した。咳き込みながらも視線はポケットに釘付けになっている。

「じゅ、じゅじゅじゅじゅじゅっ…………じゅうまんっ!?」

「期間が長いからな。これくらいが妥当だと思っていたんだが」

ペットの世話など頼んだ経験がない。相場は全く分からなかった。

「はぁ…………はぁ…………！」

…………年収一万五千ゼニーだったカヤには、白貨は少し刺激が強かったのかもしれない。血走った目でポケットを凝視していた。鼻息は荒く、口からはよだれが垂れている。

カヤはゆっくりとリリィに向き直ると、じりじりと詰め寄っていく。その不気味な様子に気圧《けお》されてリリィが後ずさりした。

「ふぇ…………あっ！」

しかしカヤはそんな事お構いなしに、素早く腕の中のくまたんを奪い取った。

手付きが完全にひったくりのそれだった。こいつ、初犯じゃないだろ。

「きゅ〜…………」

カヤに抱きかかえられたくまたんが寂しそうに鳴き声をあげる。

「留守中の世話は任せておきなさい。このエンジェルベアマスターの私にね」

「…………本当に大丈夫なのか？」

自信満々に胸を叩くカヤに、俺の心には不安という名の暗雲が立ち込め始めた。目が完全にゼニーのマークになっている。

「当たり前じゃない！　私がこれまで何匹のエンジェルベアを育ててきたと思ってるのよ」

「よく知らないって言ってなかったか？」

「空耳よ。ほら、早く世話代頂戴な。ほらっ」

びしっと手のひらを突き出してくるカヤに不安になりながらも、俺はその手に白貨を載せた。

「〜〜〜ッ、キャッホー！　大金持ちよ、わたし！」

カヤはくまたんを抱きかかえたまま、満面の笑みで見た事のないステップを踏み始めた。地元の村で神か何かに捧《ささ》げるダンスだろうか。間抜けな見た目だが、本人は幸せそうだ。

「おい、分かってると思うが、くまたんに何かあったら全額返済して貰うからな」

「分かってるわよ。流石に私も生き物は大事に扱うわ。ほら、用事があるんじゃなかったの？行った行った」

カヤは今度こそ俺達を追い出しにかかった。

「ぐへへ…………」

「きゅ〜…………」

カヤの蕩《とろ》けきった顔とくまたんの悲しそうな瞳に見送られながら、俺達はカヤの家を後にした。

不安だが信じるしかない。

第八章　ヴァイスとリリィ、初めての旅行

My daughter was an unsold slave elf.

草原を越え。

森を越え。

谷を越え。

長い、長い荒野を越え。

「…………着いた」

俺達の目の前には、妖精の国・アンヘイムがあった。

正確に言えばそれは空高く聳え立つ壁であって、アンヘイムはその向こうに広がっているんだが…………とにかく着いたものは着いた。

「とーっ！」

魔法二輪車からリリィがぴょんと飛び降りる。片道二日の長い道のり、休み休みとはいえ文句も言わずよく頑張ってくれた。頭を撫でるとリリィはくすぐったそうに目を細める。自分の頭に両手を置いて、そのまま指を絡めてくる。

「あれがよーせーのくに？」

「そうだ。　エルフのお友達がいっぱい出来るかもしれないぞ？」

「やった！　はやくいこ！」

リリィはぐいぐいと俺を引っ張って壁に近付いていく。

片手で魔法二輪車を押しながら、　俺達は壁の傍まで近寄った。

「………………ん？」

近寄って――――気が付く。

アンヘイムの外壁を一目見た時から感じていた違和感。　その正体に。

「門が………………ない………………？」

アンヘイムを囲む純白の壁には――――全く綻びがなかった。

傷や汚れはおろか………………アンヘイムへと繋がるはずの、　門すら。

「どういうことだ………………？」


「おやおや、　随分可愛らしいお客さんだね」


予想外の声は頭上から降ってきた。

瞬時に全身に気を巡らせて臨戦態勢に入ると、　そこには手のひらにギリギリ収まらないくらいの大きさの妖精がふわりと漂っていた。

「素早いね。　羽は生えていないみたいだけれど、　もしかして君も妖精なのかな？」

突然目の前に現れた妖精は俺を見てケタケタと笑う。

ドレスにもパジャマにも見える不思議な衣装を着たその妖精には、半透明な羽が生えているものの羽ばたいている様子はない。妖精が浮いているのは魔力によるものだ。

こいつらはこうして言葉を話し、人間やその他の種族と同じように文明的な生活を営んでいるものの、圧倒的に違う部分がある。

こいつらは魔力を糧に生きているのだ。

分類で言えば魔物なのだが……こいつらはそれを口にすると烈火の如《ごと》く怒り出す。アンヘイムでその手のジョークは禁句だろうな。

「とんでる！　よーせーさん!?」

「いかにも。アンヘイムにようこそ、可愛らしいハイエルフさん」

妖精は楽しそうにリリィの上をぐるぐると飛ぶ。リリィはそれを追いかけようとして目を回してしまった。

「リリィ、大丈夫か？」

「ぐるぐる……」

ふらふらと足元が覚束ないリリィの手を握りながら、俺は妖精に問いかけた。

「分かるのか、リリィがハイエルフだと」

妖精はくるっと宙返りをして、俺の目の前に滑り飛んでくる。

「当然さ。魔力が全然違うもの。君は面白い事を訊くんだね」

機嫌がいいのか、妖精は笑いながらゆらゆらと左右に揺れ動く。絶滅したはずのハイエルフを見た驚きは全く感じられない。

まさかとは思うが…………

「もしかして、アンヘイムにはハイエルフが普通に住んでいるのか？」

「んー…………普通に、って感じじゃないけれど。住んではいるよ」

何でもない事のように、とんでもない事を妖精は言うのだった。

「…………マジか」

――――国が違えば常識が違う。

そんな事、複数の国を旅してきた俺は当たり前に分かっていた。だが、それでも驚きを隠せない。

「う～ん…………」

リリィはまだ目を回していた。ふらっとよろけると、繋いだ手にぎゅっと力が込められる。

嫌でも思い浮かぶのは、ある一つの問い。

――――もし、リリィの親に出会ったら。

俺は――――どうするべきなんだろうか。


「アンヘイムに入る為のルールを知っているかい？」

突然出てきたこの妖精は、どうやら入国審査を担当しているらしい。

帝都の門前で仁王立ちしている屈強な兵士とは随分雰囲気が異なるが、このおちゃらけた妖精も国の機関で働いているということか。アンヘイムという国がまた一つ分からなくなった。

「エルフと家族なら入れると聞いたんだがあっているか？」

「その通り！　君とその子は家族ってことでいいのかな？　見た所、種族は違うようだけれど」

「血は繋がっていない」

「ぱぱだよ！」

リリィの言葉に、妖精は嬉しそうな表情を浮かべる。

「結構なことじゃないか。家族というのは、血で繋がるものではないからね」

それは血の代わりに魔力が流れている、妖精ならではの言葉だったのかもしれない。

それでもその言葉は、俺に少しばかりの勇気と安らぎをもたらした。

「ああ、そういえば自己紹介がまだだったね。僕はジニアという。君達の名前を訊いてもいいかな？」

「ヴァイスだ」

「りりーだよ！」

「ヴァイスとリリィだね」

ジニアが手を掲げると、ぽんっと本が現れた。本を開くと、いつの間にか手にしていたペンでさらさらと何かを書き込んでいく。

「君達は何の為にアンヘイムへ？　永住希望なら別の者が担当なんだけれど」

「リリィの帽子を探しに来たんだ。凄腕の帽子職人がいると聞いてな」

「そーなの？」

「ああ、可愛い帽子を探そうな」

自分の為だったと知らなかったリリィは驚きの声をあげた。リリィは今回の旅を冒険だと思っていたからな。虫取り網を持っていこうとするのを止めるのが大変だった。

「それじゃあ短期滞在だね――よし、手続き完了したよ」

パタン、と本を閉じるジニア。魔法書のような装丁が施されているあの本は、きっと入国者台帳か何かなんだろう。

ジニアが本を真上に放り投げると、本は軽快な音を立てて消えた。何から何まで理解が追いつかない。魔法生物である妖精にとって、魔法を使うのは呼吸のようなものなのか。

ジニアはこちらに視線を向けると、不敵な笑みを浮かべた。背筋に危険信号が走る。だが遅かった。

「それでは――アンヘイムへの愉快な旅・二名様。ごあんな～い！」

「!?」

「わわっ！」

突如、地面に魔法陣が現れる。

反応する間もなく、俺の視界は真っ白な光に包まれた。

◆

目を開くと、信じられないものが目に入った。

「なんだありゃ…………!?」

それは――――巨木だった。

それもただの巨木じゃない。それなりに遠くにあるのに、首を動かさなければその全容を確認出来ないほどの、天を衝く巨木だ。

小さな町や村よりも直径が大きいんじゃないか。おまけに薄っすら光っている。

当たり前だが、こんな樹は知らない。

「――――驚いたかい？　あれはユグドラシル。妖精王が守護する、アンヘイムの『全て』さ」

傍にいたジニアが得意げな表情で言う。

「ユグドラシル…………？」

残念ながら、その名に聞き覚えはなかった。

「魔法樹、と言うのが適切かな。あのユグドラシルの力を使って僕達は生活しているのさ。アンヘイムを覆っている壁もそうだし、今君達を転送した魔法もそう。壁の外からユグドラシルが見えないのも、全てユグドラシルの力だよ」

「…………なるほど」

転送魔法は魔法の中でもかなり上位に位置する魔法だ。通常、生物一個体で履行する事は出来ないし、それなりの時間や仕組みが必要になる。

しかしジニアはそれを一瞬で、それも何の前準備もなしに行ったように見えた。いくら魔法生物の妖精でもそんな事は不可能だ。だが、あの巨大な樹の力だというのなら納得がいく。

「ここ、どこ…………？　わ、おっきなき！」

リリィはごしごしと目を擦り――――ユグドラシルを見て驚きの声をあげる。それを見てジニアが嬉しそうに微笑《ほほえ》んだ。

「いい反応、どうもありがとう――――さて、僕の役目はこれで終わり。帰る時は僕の名前を呼んでよね、すぐに駆けつけるからさ」

それじゃあね、と言葉を残してジニアは消えてしまった。現れる時も去る時も嵐のように突然な妖精だった。

「よし……行くか！」

「おー！」

ユグドラシルの麓には樹に寄り添うように街が広がっていて、俺達は丁度街の入り口にいるようだった。

走り出すリリィの背中を追いかけ、俺達のアンヘイム旅行が始まった。

◆

アンヘイムは帝国でも随一の魔法国家であり、希少種族の妖精が主体となって運営されている、とても変わった国だ。

白亜の壁に囲まれたアンヘイムは昔から他国との国交活動に後ろ向きで、今ではエルフの国とのみ僅かにやり取りを続けている状態らしい。よってその全容は魔法省高官のジークリンデですら殆ど摑めていないとのことだった。

そんな訳でアンヘイムについてほぼ何も知らない状態の俺達は――その異様な街並みに圧倒されることになる。

「ぱぱ！　よーせーさんいっぱいいる！」

大通りに入った辺りで、リリィが上を指差して叫ぶ。

「…………おお」

釣られて目線を上げると、丁度歩行者にぶつからない辺りの低空を当たり前のように妖精達が飛んでいた。妖精達は鳥よりは遅いものの、かなり機敏に空を泳いでいる。人間の全力疾走と同じくらいのスピードで移動している奴もいた。妖精って結構速く飛べるんだな。

「…………凄い国だな、ここは」

目線を戻すと、歩いているのはエルフばかり。

地にはエルフ、空には妖精。人間の俺は果てしなく浮いていて、さっきからちらちらと視線を向けられている。いっそ話しかけてくれれば楽なんだがな。

「ぱぱ、どこいくの？」

リリィが目を輝かせながら訊いてくる。手を離すとすぐにでもどこかに走り出していきそうで、どうしてリリィがそんなにテンションを上げているのかというと…………それは恐らく大通りに立ち並ぶ建物が原因だ。

アンヘイムの街並みを形作る建物群は、その殆どが白を基調とした木造建築だった。遥か高くから街を見下ろすユグドラシルと調和させる為に、わざと建物のデザインに統一感を持たせているのかもしれない。その目論見《もくろみ》は恐らく成功していて、あくまで元のデザインだけを見れば、帝都の大通りと比べると圧倒的にアンヘイムの方が美しかった。帝都があまりにも雑多すぎるという見方もあるが。

けれどそんなアンヘイムの美しい街並みは――――残念ながら、今はその気配を僅かに感じさせるに留まっている。

その原因は――――

「きらきら、いっぱい…………！」

視界を埋め尽くすのは、色とりどりの魔石の数々。店先を鮮やかに彩っている石達は、よく見れば帝都ならひと欠片何万ゼニーもするような上質な魔石だった。

元は素朴で穏やかな街並みだったんだろうが…………今はまるで色鮮やかな宝石箱。帝都の商業通りの一番濃い所を更に煮詰めたようなテンションの店が立ち並ぶこの街並みは、きっとリリィには夢のようだろう。

「————まずは情報収集だな。よしリリィ、片っ端から見て回るぞ」

「おーっ！」

リリィが俺の手を引いて走り出す。

どうやらリリィはこの一瞬で気になる店の目星をつけていたようで、大通り沿いのとある店に一直線に突撃していく。

黄色魔石をメインに華やかに飾り立てられたその店の看板には、一際目を惹《ひ》く赤色魔石を使ってこう記載されていた————

「酒場………!?」

俺は愕然《がくぜん》とした。

果たしてどこの世界に一目散に酒場に駆け込む子供がいるというのか。俺の育て方は一体どこで道を違えた。誰か教えてくれないか。

酒場といってまず思いつくのは、ゼニスでお世話になっていたロレットの酒場。リリィが唯一知っている酒場もそこで、恐らくは似たような雰囲気だと思っていたんだろうが………当てが外れたらしいリリィは、あんぐりと口を開けて入り口で足を止めた。

常に薄暗かったロレットの酒場とは違い、店内は質の高い発光石によって充分に光が取り入れられていた。そして天井から降り注ぐ柔らかな光を、ゆとりをもって配置された色とりどりのラウンドテーブルが受け止める。よく見ればそのテーブル達は大きな魔石を削り出して作られているようで、半透明のテーブルは天井からの光を受け、床を薄っすらとそれぞれの色に染めていた。それによって木目がむき出しの床には天然の水玉模様が浮かび、場のお洒落さを一層引き立てている。それぞれのテーブルではしっかりと身だしなみを整えたエルフ達が上品に談笑に花を咲かせていた。叫ばないと隣の声すら聞こえないロレットの店とは、笑ってしまうくらい何から何まで違うな。

「ありゃ…………？」

リリィは首を傾げ、困惑の表情を浮かべている。

…………リリィ、お前が知っている酒場はな、実はこの世で最も騒がしい酒場なんだよ。普通の酒場ではそうそう殴り合いの喧嘩《けんか》など起こりはしない。本来、酒場というのは皆で楽しく酒を飲む場所だからな。あのうるさいほどの賑やかさが好きだったのなら残念だが。

「いらっしゃーい！　二名様でいいかな？」

奥の方から、慌ただしく声が飛んでくる。声の主は俺の顔の眼前で急ブレーキを踏み、服をヒラリとはためかせた。

「あ、よーせーさん！」

リリィがぴょんぴょんとジャンプしながら手を伸ばす。入り口に突っ立っていた俺達を出迎えたのは、瀟洒《しょうしゃ》なエプロンを身に纏った妖精だった。妖精はリリィが手を伸ばしているのに気が付くと、円を描くように宙返りしながら降下し、リリィの手にハイタッチをして元の高度まで戻ってきた。

妖精に触れたリリィが嬉しそうに身体を揺らす。それを見て妖精も満足そうに笑った。

「二人だ。ところで、この店は妖精がやっているのか？」

こういう飲食店で妖精が働いているイメージが全く湧かず、俺はついそんな事を訊いてしまっていた。

妖精という種族は、大気を漂っている魔力を吸収することで生活している。人間やその他の種族のように栄養を補給する必要がなく、極論を言ってしまえば働く必要がない。事実、俺がこれまで出会った数少ない妖精達は皆毎日遊《あそ》び呆《ほう》けていたし、趣味の延長で職人のような事をやっている奴はいたが金銭より物々交換を好んでいた。働かなくても生きていけるというのは、カヤあたりが聞いたら涙を流して羨ましがりそうな話だ。

「二名様ごあんないしまーす！　そうだよー、もしかしてお兄さんはアンヘイムに来たばかりかな？」

妖精は俺と目を合わせながら、後ろ向きに飛んで俺達を席に案内する。道中のテーブルなどお構いなしに直線的に飛んでいくので、移動を歩行に頼っている俺とリリィはテーブルの隙間を縫うように後を追った。

「その通りだ。妖精が店員をやっているとは思わず驚いたよ」

「あははっ、外に出てる奴らは好き勝手やってるみたいだからね。でもここじゃ妖精だってちゃんと働いてるよ。働かざる者食うべからずってね」
二、三言話していると席に到着した。案内されたのはカウンター席だった。酒場のカウンターにありがちな脚の長い椅子はリリィが好きだったものの一つで、リリィは顔を綻ばせて椅子によじ登りだした。聞いた所によると足をプラプラするのが楽しいらしい。

カウンターの向こうでは、スーツに身を包んだ妖精が自分の背丈とほぼ変わらない大きさの瓶やジョッキを宙に浮かせ、キメ顔で酒を作っていた。それはキマっているような気もしたし、やっぱり間が抜けているような気もした。全てを魔法で動かしている為、本人はただキメ顔で浮いているだけだからだ。

「注文は決まっているかな？」

エプロン姿の妖精に、リリィが即答した。

「りりーおさけのみたい！」

「だめ。リリィはジュース」

「ぶーっ」

リリィは納得いかない、と頬を膨らませた。もしかして酒場に駆け込んだのは酒場の雰囲気が好きなんじゃなく、お酒を飲んでみたかったからなのか…………？　もしそうなら自宅の酒を全てリリィの手の届かない所に移動させないといけないな。留守の間に好奇心で飲まれては大事だ。

「俺は適当にオススメを頼む。あまり強くないもので」

「はいはーい。マスター今の聞いてたよねー？　んじゃあとよろしくー」

エプロン姿の妖精は慌ただしく他の客の元へ飛んでいった。ホールには他にも数人の妖精がいたが、皆忙しそうにフロアを飛び回っている。自分と同じ大きさのジョッキを軽々運んでいる様は、とても新鮮で面白い。

「ぱぱばっかりずるいー！」

拗《す》ねたリリィがカウンターに突っ伏す。足のブラブラ加減を見るに…………相当飲んでみたかったんだなあこれは。

「リリィはどうしてそんなにお酒が気になるんだ？　一応言っとくけど、全然甘くないぞ？」

そういえばこの前も騒いでいた気がする。あれは確か…………幻の酒を探して帝都の酒屋を回っていた時か。酒瓶を抱き締めたリリィを宥《なだ》めるのに苦労したっけ。

「…………だってみんなたのしそーなんだもん」

カウンターにほっぺたをつけたままリリィが呟く。シンプルなその答えに、俺は合点がいった。

「なるほどなあ。確かに楽しそうではあるな」

楽しそう、というのは恐らくロレットの酒場で騒いでいた奴らの事を言っているんだろう。あれは楽しそうなんじゃなくて、実は酔っておかしくなっているだけなんだが、酔いを知らないリリィにそんな事は分からない。楽しそうと感じるのは不思議ではなかった。

「そこまで言うなら――――飲んでみるか？」

「いいのっ!?」

リリィが跳ね起きる。瞳の中には星が煌めいていた。

「ああ、いいぞ――――その代わり、こわーい魔女が夜な夜なリリィを攫いに来ちゃうけどな」

「えっ…………」

怖い魔女、という単語にリリィが怯む。俺は努めて深刻そうな表情を作り、リリィに目を合わせた。

「実はな…………お酒っていうのは子供が飲むと魔女を呼び寄せる力があるんだよ。リリィが攫われちゃうから、俺は止めてたんだ。でも…………リリィがそこまで言うなら仕方ない。ほら、丁度お酒が来たぞ」

丁度いいタイミングで、マスターがお酒とジュースを俺達の前に魔法で運んできた。俺はグラスをリリィの前に差し出した。リリィが逃げるように仰《の》け反《ぞ》る。

「い、いい！　りりーじゅーすのむ！」

リリィは目をぎゅっと瞑り、ぶるぶる震えながらジュースに口をつけた。

……………怖がらせてしまったのは悪いが、これもリリィの為だ。下手に好奇心を持たせたままにしておくと万が一があるからな。心の中でリリィに謝りながら、俺は酒を喉に流し込んだ。

◆

酒場というのは情報の宝庫だ。犯罪者から政府高官まであらゆる立場の者が利用するし、酒の力でつい口も緩くなる。少し耳を澄ませるだけで、そこかしこで興味深い話を盗み聞くことが出来るだろう。

もし初めて訪れる土地で何か知りたい事があるのなら、まずは酒場を目指すべきだ。これは数々の国を旅してきた俺の経験則であり、リリィが酒場に行きたがった事は俺にとって都合が良かった。

俺は何杯目かのグラスを空にすると、マスターに声を掛けることにした。

「なあ、ちょっと訊きたいことがあるんだが」

「…………なんでしょう」

スーツ姿の妖精は相変わらずのキメ顔で、見た目に似合わぬ渋い声を出す。本人は至って真面目なんだろうが、妖精由来のファンシーな見た目のせいで、まるで子供がなりきり遊びをしているようで面白い。俺は口元が緩むのを何とか抑えながら本題を切り出した。

「アンヘイムに凄腕の帽子職人がいると聞いて来たんだが、何か知らないか？」

我ながら漠然とした質問だな、と内心思わずにはいられないが仕方ない。なにせこっちには土地勘もツテもないんだ。数撃ちゃ当たるの人海戦術しか今の俺に出来ることはない。

「帽子職人か…………」

マスターは顎に手を当てて考える素振りをする。その間も周囲に浮かんでいる酒瓶やグラスは忙しなく動いていて「浮遊魔法で作業をする妖精は両手が空いて楽だな」と、そんな事を思いながらその様子を眺めていると…………マスターはゆっくりと口を開いた。

「…………心当たりはある」

「本当か!?」

予想外の返答に、思わず椅子から尻が浮く。

どうやら俺達は、帝都から遠く離れたこのアンヘイムで当てのない旅をしないで済むらしい。胸の中に確かな充足感が溢れ、そこで初めて自分が不安を感じていた事に気が付いた。

不安など、一人で旅をしていた頃には全くなかった。それが何故今になって弱気になっていたのか――――答えは考えるまでもない。

「もぐもぐ…………」

ちら、と隣に視線をやると、リリィはさっきマスターにサービスして貰ったお菓子を美味しそうに頬張っていた。見ているだけで頬が緩む。

――――一人だった頃とは違い、今はリリィを守らなければならない。その事が無意識のうちに俺を弱気にさせていたんだ。親という生き物は俺が思っていたよりずっと、強さを要求されるんだなと改めて思う。リリィを拾う前は考えもしなかったことだ。

「店の場所を知ってるなら教えてくれないか？」

「教えるのは構わないが――――」

最初に入った店で情報を摑めたのは本当に助かった。ほっと一息つく俺に――――不安が再び襲いかかる。

「――――彼女は極度の人間嫌いで有名だ。残念ながら、君では相手にされないのではないかな」

◆

マスターに教えられた住所は人里離れた森の中だった。本当にこんな所に店があるのかと不安になりながらも明らかに人工的に切り開かれた細道を一時間ほど歩いていると、鬱蒼《うっそう》とした木々が急に視界から消え、ちょっとした草原が姿を現す。その中に一軒だけ建物が建っているのを見つけ、俺は胸を撫で下ろしながら背中で一休みしているリリィを起こしにかかる。随分前から小さな寝息が聞こえていた。

「リリィ、着いたぞ」

「むにゃ…………？」

寝ぼけた声を出しながらリリィが目を覚ます。

「ついた…………？」

「あそこに建物があるだろ？　あれが目的地だ」

「…………ほんとだ！　りりーぼーしみにいく！」

俺が草原の向こうを指差すと、リリィはずるずると俺の背中から滑り降りて店に走り出した。重そうにドアを開けると、躊躇《ちゅうちょ》なく店の中に入っていく。今の今まで寝ていたとは思えない切り替えの早さに笑いそうになりながら、俺はリリィの背中を追いかけた。

木造の素朴な印象を隠そうともしないその店に入ると、壁の一面はそれ自体が棚のようになっていて、そこには様々な種類の帽子が飾られていた。そのどれもがそこまで奇抜なデザインではないのにも関わらず、ひと目見ただけで非凡なセンスを感じさせる。稀代の帽子職人という噂はどうやら本当だったらしい。リリィは棚の傍で齧りつくように帽子を見つめていた。

広い部屋の奥には大きなテーブルが鎮座していて、その上には数多くの魔法書や魔法具が雑多に積まれている。どうやら店と工房が一体になっているようだ。

テーブルの奥にはお洒落な帽子を被ったローブ姿のエルフが何やら作業をしていて、傍にはメイド服のエルフが控えていた。恐らくローブ姿の方が帽子職人だろう。店が広いせいで二人は俺達に気が付いていないようだった。

「突然済まない、娘の帽子を作って貰いたいんだが」

広い店内に俺の声が響く。ローブを着たエルフがこちらに気が付くと、笑顔で――――

「ああ、いらっしゃ――――」

――――固まった。呆然とした表情で俺の顔を見つめている。

「…………？　俺の顔に何か付いてるのか？」

予想外の反応に困惑しながらテーブルの傍まで歩いていくと、エルフは正気を取り戻し笑顔を作った。

「――――いや、何でもないさ。帽子を作って欲しいんだったね。話を聞こうじゃないか」

彼女は極度の人間嫌いなんだ――――酒場のマスターの言葉を思い出す。

彼女が笑顔になる前…………一瞬だが、強い憎しみが瞳に籠もっていた気がしたのは、果たして気のせいだろうか。

彼女はラディメリアと名乗った。有名な職人と聞いて、店を訪れるまではてっきりエスメラルダ先生やロメロのような年寄りだとばかり思っていたんだが、ラディメリアは意外なほど若かった。

恐らく二十代前半だろうか、ぱっちりとした大きな瞳や彫刻品のように整った鼻は、どことなく若い頃のホロを思わせる。ローブなのかドレスなのか判断に困るデザインの服からは胸元や長く白い脚が惜しげもなく晒されていて、昔なら目のやり場に困ったかもしれない。

ラディメリアの助手兼店員らしいメイド服のエルフに促され、俺とリリィはテーブルに着いていた。緊張して背筋を伸ばしているリリィを見て、対面に座るラディメリアが微笑む。

「可愛いね。名前は何ていうの？」

「えっと、りりー、です！」

「リリィちゃんか、いい名前だ。リリィちゃんはパパの事、好き？」

「うん！　りりーね、ぱぱだいすき！」

「そっかそっか…………いいね、家族は仲が良いのが一番だ。羨ましいよ」

ラディメリアは満足そうに首肯すると、メイドを呼び寄せて何かを耳打ちした。メイドは小さく頷くと俺に視線を向けて口を開く。

「隣の部屋でリリィさんの頭のサイズを測りたいのですが、構いませんか？」

断る理由はなかったので俺は頷いた。

「よろしく頼む。リリィ、おねーさんの言う事を聞くんだぞ」

「うん！」

「ではリリィさん、こちらにどうぞ」

メイドはリリィの手を取り別室に消えていった。

ラディメリアは助手が消えていったドアが完全に閉じられたのを確認すると――

「…………よくもまあ、私の前に姿を現せたな」

――そこには、どす黒い闇に瞳を染めたラディメリアがこちらを睨んでいるのだった。

◆

先程までの平和な空間が一瞬で戦場に変わった事を肌で感じ取る。

けれど身体に染み付いた危機察知感覚とは違い、頭は瞬時に切り替わらない。俺は椅子に腰を預けたまま、ただラディメリアに視線を送る事しか出来ずにいた。

「見覚えはないか――私の顔に」

地獄の底から響くようなラディメリアの声に押され、改めて記憶を漁るも心当たりはない。ラディメリアという名前に聞き覚えもなかった。

「悪いが、記憶にない。アンヘイムを訪れたのも今日が初めてなんだ。人違いじゃないのか…………?」

俺の言葉に、ラディメリアは自嘲気味に笑った。

「分からないか――分からないだろうな。貴様にとっては私など、記憶に留めるまでもない存在だ。だが…………私はお前の事を忘れた日は一日たりともなかったぞ――私から全てを奪っ

た お前を」

ラディメリアはどうやら限界に達しつつあった。目や鼻や口、それとエルフ特有の大きな耳から、グエナ火山の溶岩よりもぐつぐつと煮立った憎悪の念が今にも吹き出さんとしている。

「全てを…………奪った…………？」

聞けば聞くほど人違いだとしか思えない。まるで親の仇《かたき》と相対しているようなラディメリアの態度は、俺を混乱させるに充分すぎた。

「ラディメリア、お前は何かを勘違いしている。俺達は初対面のはずだ。お前は俺の名前すら知らないだろう」

場当たり的に言葉を繋ぎながら、目線だけでリリィが消えていったドアの方を確認する。

――ラディメリアの狙いが俺だとするなら、リリィに危険はないはずだ。わざわざリリィがいなくなってから本性を現したのもそれなら合点がいく。

「確かに名前は分からない。知る必要もない。だが、勘違いなどある訳がない――あの一瞬を、私は今でも毎晩夢に見ているんだ」

取り付く島もない反応に俺は首を振った。ラディメリアは最早、理解も解決も求めていなかった。ただ憎しみを吐き出すだけの獣と化している。

「…………俺はどうすればいい。何が望みなんだ」

リリィが向こうの手中にある以上、迂闊《うかつ》に動くことは出来ない。俺はラディメリアに全神経を集中させた。

「………望み？　そんなものは決まっている──」

ラディメリアの憎しみに染まった鋭い目が、俺を射抜いた。

「──貴様の命だッ!!」

「────ッ！」

ラディメリアの右手に魔力が集中する。それは俺を椅子から跳び上がらせるのに充分な魔力量だった。反射的に後ろに跳び彼女から距離を取る。気付けば俺は店の入り口に背中をつけていた。

「頼むから落ち着いてくれ！　そんな態度じゃ話も出来やしないだろ！」

叫びながら──既に戦闘モードに切り替わった頭は冷静にラディメリアの戦力を分析し始める。

油断出来る相手じゃない事は今の一瞬で把握した。彼女が纏っている魔力量ははっきり言って常軌を逸している。稀代の魔法使いとして名を馳せていたとしても何らおかしくないだろう。寧ろ、帽子職人などをやっている事が不思議なくらいだった。

「貴様が…………貴様だけは…………ッ！」

ラディメリアは最早俺の言葉など聞こえていないのか、嫌な思い出を磨《す》り潰《つぶ》すように奥歯を噛み締める。限界まで引き絞った弓矢のように張り詰められた魔力が、今か今かと解放の時を待っていた。

ラディメリアが右手を俺にかざす。強烈な死の臭いが鼻腔《びこう》を突き刺した。

「私からお姉ちゃんを奪った貴様だけは──絶対に許さないッ！」

――目の前に広がる深紅の魔法陣は、爆発する感情の発露。

人の身体など容易《たやす》く消し飛ばす炎槍が――空間を燃やし尽くしながらこちらに肉薄する。

「――ッ」

彼女の魔法陣があいつと同じ文様だった事が災いした。

その事に一瞬意識を取られ対応が後手に回る。咄嗟に障壁を作るも衝撃までは防げない。

「ガはッ……！」

背にしていたドアに思い切り身体を打ち付け、俺は意識を失った。

薄れていく意識の中で――ラディメリアと同じ魔法陣を持つあいつと出会った、あの日の事を思い出していた。

◆

「ねえアンタ――突然なんだけど、私を誘拐してくれないかしら？」

それが俺とホロのファーストコンタクトだった。ウルマリア王国――通称エルフの国のとある酒場で、俺達は出会った。八年ほど前の話だ。

「は……？」

隣の席に座るフードを被った不審者にいきなり話しかけられ、俺は気の抜けた声を出す。今、誘拐と言ったのか？

不審者は周りに話を聞かれたくないのか、ぐいっと顔を近付けてくる。目深に被ったフードの下はどんな怪しい奴かと思えば、そこには冗談みたいに整った顔のエルフがいた。ひそひそ声で話しかけてくる。

「誘拐よ、誘拐。私をこの国から誘拐して欲しいの。お願い出来ないかしら？」

「はあ…………？」

まだ二杯しか飲んでないはずだが、どうやら俺は酔ってしまったらしい。目の前のエルフが意味の分からない事を言っているように聞こえるんだ。

目を細めて不審者を眺めていると、何故か睨み返してきた。

「…………何よその頭おかしい奴を見る目は」

「おかしくないのか？　まともな奴は自分から誘拐されたがらないと思うが」

「ちょっと、声が大きいわよ！　…………とりあえず奥の方行きましょ。ここじゃちょっと話しにくいの」

「おい、引っ張るなって」

不審者は無理やり俺を引っ張って、隅にぽつんと置かれた二人用のテーブルまで歩いていく。不審者は席に座ると俺の事などお構いなしに話し始めた。

「まず、驚かないで聞いて欲しいんだけど…………私、この国のお姫様なの」

「はあ!?」

まさかの衝撃に思わず叫ぶ俺。不審者は慌ててきょろきょろと周囲を確認する。

「声が大きいって…………！　目立ちたくないの、お願いだから静かにして」

「いや、そんな事言われても…………」

驚くなという方が無理な話だろ。自分が何を言ってるのか分かってるのか？

それに…………なんか本当っぽいんだよな。纏ってる空気や魔力がさ。どうにも只者《ただもの》じゃないと思っていた。

「ホロスターシャ・ド・ウルマリア――――それが私の名前。聞いたことないかしら？」

「…………ないな。悪いがこの国には詳しくないんだ」

現女王の名前くらいは魔法学校の授業で習った気もするが、それすら覚えていなかった。

「残念。私のことを知ってるなら、話が早かったんだけど」

「知ってないと何かまずいのか？」

「え？　…………ああいや、信じてくれないだろうなって思ってたのよ」

「別に信じるぞ？」

「え…………？」

不審者改めホロスターシャは、俺の反応が意外だったのか目を見開いた。宝石みたいに綺麗な瞳がフードの暗がりの下で輝く。

「それとも嘘なのか？」

「嘘じゃないんだけど…………普通信じる？　お姫様なのよ、私」

「俺は自分の目で見たものしか信じない主義なんだ。何となく本当っぽいなと思っただけだ。良かったな、お姫様っぽくて」

ホロスターシャは口をへの字にして、呆れたように俺を見る。どうして信じたのにそんな顔をされないといけないんだ。

「意味が分からないわ…………アンタの方がよっぽど頭おかしい奴じゃない」

「否定はしない。ところで誘拐ってどういう事だ？　どうして俺に声を掛けた」

矢継ぎ早に質問する俺に、ホロスターシャは真面目な顔を取り戻す。真面目な顔でふざけた話をする奴らがここに二人。

「誘拐ってのはそのままの意味よ。この国を抜け出したいの。アンタに声を掛けたのは強そうだったから。あとは…………そうね、引き受けてくれるんじゃないかなって思ったのよ。なんとなく」

「…………ははっ」

行き当たりばったりもいい所なその理由に、思わず笑ってしまう。

ホロスターシャの計画は絶対にバレてはいけない類のものだと思うんだが、もし俺が王国に忠誠を誓っていたらどうするつもりだったんだろうか。そうでなくとも、お姫様を誘拐するなど普通に考えたら誰も協力しないというのに。考えるまでもなくバレたら死刑だろう。それに成功するとも思えない。ホロスターシャは本気で俺が首を縦に振ると思っているんだろうか。

もしそうだとしたら――――慧眼《けいがん》だと言わざるを得ない。

「面白い。俺がお前を誘拐してやるよ」

一見デメリットしかなさそうなホロスターシャの依頼には、一つだけ大きなメリットがある。

それは「面白そう」ということだ。その為なら俺は一国の姫を誘拐する事に何の躊躇いもない。

俺は善人ではないからだ。

「…………そもそも、ホロスターシャはどうしてこの国から出ていきたいんだ？　良い国だと思うんだけどな、ここ」

ウルマリア王国にはまだ一か月ほどしか滞在していないが、良い国だと自信を持って言える。治安は悪くないし、飯も酒も美味い。姫様なら権力だってあるだろう。出ていく理由は思い当たらなかった。

ホロスターシャはフードを深く被り直すと、自嘲気味に笑った。

「正直に言って欲しいんだけどさ。私ってお姫様っぽくないでしょ…………？」

「まあ、そうかもな」

薄いフード一枚では隠しきれないくらいにはお姫様っぽいと思ったが、俺は頷いた。恐らくホロスターシャが言いたいのは、性格とか話し方とか、そういう目に見えない部分の事だろう。

俺の同意に、ホロスターシャは何故か嬉しそうにする。お姫様っぽくないというのはお姫様に言う分には悪口だと思うが。

「そうなのよ。私って、きっとお姫様に向いてないんだわ。王宮で使用人に囲まれながら一流の料理に舌鼓を打つより、こうやって辺鄙《へんぴ》な酒場で楽に飲んでる方が落ち着くのよ」

そう言ってホロスターシャはジョッキを豪快に呷った。見る見るうちにジョッキが空になる。

清々しいほどにいい飲みっぷりだった。俺は好きだが、確かにお姫様らしくはない。

「つまり………お姫様生活に飽きたから知らない場所で一般人として生きたい、と？」

「まあそんな所ね。言葉にすると何だかチープだけど」

「確かに、びっくりするくらい浅はかだな。世の中を舐め腐ったお姫様らしい動機と言える」

自分で金を稼いだこともないようなお嬢にそんな事を言われたら、きっと国民は怒り狂うに違いない。

「ダメかしら………？」

ホロスターシャが不安そうに眉を下げる。理由が下らなすぎて、俺が心変わりすると思ったのかもしれない。俺は寧ろ今のを聞いて前向きになったけどな。

「いや――浅はかだが、悪くはない。自分の生き方は自分で好きに決めるべきだ」

そもそも、親に何も言わず帝都を飛び出した俺に一体何が言えようか。ある意味俺達は似た者同士だった。

「で、俺はどうすればいい？　計画は練ってあるんだろうな」

無ければ無いで正面から突破するのも面白そうだ――そんな事を考えながら、俺は嬉しそうに話すホロスターシャの顔を眺めていた。

………が、俺はすぐに呆れ返ることになる。

「………なるほど」

ホロスターシャの計画は、計画と呼ぶのがおこがましいほどの陳腐なものだった。頻繁に「いい感じに」「アンタの実力で」という言葉が飛び出す。自分で言うのも何だが…………本当に俺に会えて良かったなコイツ。

「…………纏めるとだ。俺が何とかして王宮に忍び込み、何とかしてお前を攫って、何とかして国境を突破すればいいんだな？」

「纏めるとそんな感じね」

言いながら口がひん曲がってしまいそうな計画に、ホロスターシャは真面目な顔で頷いた。やっぱりお前はお姫様らしいよ。

攫うだけなら今すぐにでも攫ってしまうんだが、ホロスターシャには色々事情があるらしい。まさかこんなにすんなりと協力者が見つかるとは思っていなかったから、やり残したことが沢山あると。

「じゃ、また今度な」

「ええ。よろしくお願いするわ」

飲み仲間のような気軽さで俺達は別れた。

次会う時は——————誘拐犯とお姫様。

◆

王宮に侵入するのは拍子抜けするほど簡単だった。ホロスターシャに指定された晩は丁度警備が手薄になる日らしいが、それを踏まえても流石に手薄すぎる。大した苦労もなく俺は指定されたバルコニーまで辿り着いていた。

…………そもそもホロスターシャが夜中に抜け出せている時点で、警備などあってないようなものだろう。一番抜け出せてはいけない人が抜け出せてるんだから。

「…………おい、ホロスターシャ。誘拐しに来たぞ」

我ながら何を言っているんだと呆れながら軽く窓を叩くと、ほどなくして鍵が解錠される。中から現れたのは、何故か寝間着姿のホロスターシャだった。眠そうに目を擦っている。

「ごめん、明日だと思って寝てた…………」

一応こっちは危険な橋を渡らされているんだが、これから誘拐されるお姫様とは思えない緊張感のない声に怒ろうという気すら失せてしまう。

「どうする、明日にするのか？」

「んー…………今日でいいわ。準備するから少しだけ待っててくれるかしら」

「分かった。出来るだけ急いでくれ」

夜中で視界が悪いとはいえ、バルコニーに人影があるのは流石に目立つ。ザル警備だが万が一にも見つかるのは避けたかった。

ホロスターシャが頷き、小さく伸びをして振り向いたその時――――

「お姉ちゃん、起きてるの――――え」

――ガチャリ、と部屋の中からドアが開く音が響いた。月明かりを背にした俺からは暗い室内はよく見えないが、ぼんやりと小さなシルエットが浮かんでいる。

まずい、見られた――

「ラディ――」

咄嗟にホロスターシャの口を塞ぎ、身体を引き寄せる。そのままホロスターシャを抱えると、俺はバルコニーから飛び出した。

その後は無事国境を抜け、俺達は悪人の街・ゼニスに流れ着いた。

ホロスターシャは名前をホロと改め悠々自適な生活を送っている。

ホロを誘拐する時に誰かに目撃された事は少しの間俺の心に僅かな不安を残したが、すぐにそれもゼニスでの刺激的な毎日に塗り潰されていった。

まさか数年越しにそのツケを払うことになろうとは――流石の俺も、考えもしていなかった。

○

ラディメリア様はただ私に「子供を隣に連れて行け」と命じただけでしたが、それはこれから荒事が起きる可能性を示唆していました。ドクンと跳ねる心臓をラディメリア様への忠誠心で抑えつけ、私はリリィさんを隣の部屋に連れ出しました。この部屋は一見普通の部屋にしか見えませんが、その正体はラディメリア様の魔力を幾重にも重ね合わせて作られた強力な結界なのです。

――――これからあの人間に何が起きようと、こちらの部屋には何も届かない。目の前で笑っているエルフの少女にとって、それが果たして幸せな事なのかどうか。私にはついに分かりませんでした。

「それでね、ぱぱがりりーをたすけてくれたの」

椅子に座って、少女は嬉しそうに話を聞かせてくれます。

自分が奴隷だったこと。

父親に拾われたこと。

父親はとても優しくて、大好きなこと。

…………いつか父親を助けられるような魔法使いになりたいこと。

サイズを測る為のサンプルの帽子を被って幸せそうにしているこの少女は、まさか自分が今、特殊な空間に閉じ込められているとは考えもしないでしょう。

そして――――大好きな父親に、もう二度と会えないという事も。

「…………そうですか。リリィさんは人間が好きなんですね」

当たり前ですが、この少女からは人間に対する憎しみは一切感じられません。そもそも人間とエルフは一般的には友好関係にありますからね。エルフの国でも、人間は概ね好意的に捉えられています。あそこまで人間を恨んでいるのは…………きっと私の主くらいでしょう。

ウルマリア王国の第七王女であるラディメリア様が国を捨ててまでこのアンヘイムにやってきたのは、『アンヘイムには人間がいない』というその一点に尽きるのです。ウルマリア王国には少なくない数の人間が住んでいて、理由は分かりませんがラディメリア様は人間が視界に入ることすら許せないほどの憎しみを抱いていました。

数年前に実の姉であるホロスターシャ様が誘拐された事件が関わっているという噂を聞いた事がありますが、真偽は分かりません。ホロスターシャ様の事は、特に仲が良かったラディメリア様の前では禁句のようになっていましたから。

「…………」

私は覚悟を決め、心を閉ざしました。

「申し訳ありませんが、リリィさん。あなたは父親にはもう会えないでしょう」

「…………え…………？」

少女は自らに言い渡された言葉の意味が分からないようでした。

…………分からなくて当たり前ですね。少女からすれば、父親はドア一つ隔てただけのすぐ隣の部屋にいるのですから。この部屋が極めて強固な魔術で隔離されている事など知る訳がないのです。

「もしかしたら、リリィさんの本当の両親もアンヘイムにいるかもしれませんよ。リリィさんは会いたくないですか？　本当の両親に」

言いながら、口の中に苦いものが広がります。

今の言葉は…………流石に酷かったでしょうか。

リリィさんが話してくれた内容によれば、リリィさんにとって家族と呼べる存在はあの人間しかいません。今更本当の両親の存在を提示した所で、リリィさんはそんなものを求めていないし、背負う必要のない悲しみを味わわせるだけなのは分かっています。

けれど――――私はラディメリア様のお世話係。

主が地獄へ身を落とすというのなら、お供する覚悟はとうに出来ています。エルフの国にいた頃の優しいラディメリア様を知っていれば、今更揺らぐことはありません。

「ほんとーの、りょーしん…………？」

「そうです。リリィさんはハイエルフですよね。アンヘイムには数少ないですが、ハイエルフが生活しています。お父さんやお母さんがいるかもしれませんよ？」

その可能性は低いだろうなと半ば確信しながらも、私は言葉を止めません。今更止まれる訳もない。私達はもう、何かにぶつかるまで止まれない所まで来ているのです。

「アンヘイムで暮らした方がリリィさんにとってもいいに違いありません。所詮…………人間とエルフは違う種族ですから」

「りりーわかんない…………ぱぱ、ぱぱは…………？」

リリィさんは少しずつ、自らが置かれている状況を理解し始めたのでしょう。綺麗な瞳には涙が滲み始めています。父親を求めてドアに走り出しますが、そのドアは既に役目を放棄していました。手を目いっぱい伸ばして必死にノブを捻っていますが、彼女が父親の元に辿り着くことはないでしょう。

「やだぁ！　あけて、あけてよぉ！　ぱぱたすけてっ!!」

リリィさんが必死にドアを叩きます。

けれどその音が彼女の父親の耳に届く事はありません。私はリリィさんを止める事すらせず、ただそれを眺めていました。心が痛まない訳ではありませんが、地獄まで付いていくと私は決めたのです。

「諦めてください、リリィさん。そのドアは私でも………恐らくラディメリア様でも破れません」

王族であるラディメリア様の魔力を幾重にもかけて作られた強固な結界。破れる魔法使いは、果たしてこの世に何人いるのかというレベルでしょう。

それに――

「――お父さんは、もうこの世にはいないかもしれません」

「…………へ…………？」

アンヘイムには人間が殆ど住んでいません。皆無と言っていいレベルです。なのでラディメリア様がアンヘイムで人間と遭遇した事はこれまでありませんでした。

今のラディメリア様が、人間を目の前にした時――果たしてどこまでいってしまうのか。私はそれを摑みあぐねていました。

個人的な希望を述べさせて頂けるのなら…………せめて命までは奪ってしまわない事を。

異変は、まず大気に現れました。

「なん、ですか…………これは…………？」

大気に含まれる魔力、それがまるで引っ張られるようにリリィさんに集まっていくのです。

「ぱぱっ…………やだぁ…………」

大気に含まれる魔力というものは目に見えません。極僅かな状況に限り稀に捉える事が出来ますが、基本的には不可能なのです。

けれど…………必死にドアを叩くリリィさんの周りを渦巻いているものは、紛れもなく魔力でした。それも…………物凄い密度。まるで意思を持った生き物のように、どんどん彼女を包み込んでいきます。

「…………っ」

袖口から僅かに覗く肌を見て、私は声をあげてしまいました。

いつの間にか鳥肌が立っているのです。寒気だってしてします。

彼女が纏っている魔力は既に、生物が扱える量を超えていました。私はそれに圧倒され無意識のうちに恐怖していたのです。

何かが、何かが起きる予感がしました。

「うっ…………ぐずッ…………ぱぱ…………！」

リリィさんがゆっくりとドアから手を放すと——魔法陣が現れました。

リリィさんが出したのかは分かりません。けれど、必死に目元を拭っているリリィさんに魔法陣を出せるとは思えませんでした。リリィさんはまだ子供です。

私はそんな子供から、親を奪おうとしているのです。

「りりー………いいこにするからッ………わがまま、もういわないから………」

魔法陣は魔力を吸収して輝きを増していきます。

――それはもう直視出来ないほどでした。

私は手をかざし何とか光の中を確かめようとしましたが、それは叶いません。それどころか、漏れ出る魔力の奔流に押し流されてしまわないように、身を低くして耐えるのに精一杯でした。

光の中から、リリィさんの声だけが私に届きました。


「りりーを………りりーをおいていかないでッ!!!」


――瞬間。

限りなく膨張し、そしてフッと消え去った魔力の塊に――私は何が起きたのかを悟りました。

遅れて聞こえてきた音で、それは確信に変わりました。目が慣れてくれば、そこにはすっかり変容してしまった、部屋『だったもの』がありました。

派手にぶち抜かれた壁からは、隣の部屋、そしてその向こうの外の景色がよく見渡せました。

「………良かった」

どうしてか、私はそんな言葉を呟いていました。

◆

「――――ぱぱっおきてっ!!」

「リリィ………？」

突然の人声に意識が覚醒する。目を覚ますと、リリィの可愛らしい笑顔が視界いっぱいに広がっていた。

常々思っているんだが、娘に起こされるというのはこの世に存在する起こされ方の中で最も幸せなものの一つじゃないだろうか。俺はなんて幸せ者――――

「………ッ!?」

――――あまりの床の硬さに我に返る。

俺が無様にも大の字で転がっているのはベッドではなく床で、俺は寝ていた訳じゃなく帽子職人に不覚をとって気絶させられたんだった。よく見ればリリィは笑顔などではなく、その大きな瞳の下には涙のつたった跡がはっきりと残っていた。

「怪我してないか!?」

慌てて身体を起こしリリィを抱き締める。リリィは俺の胸の中で小さく震えだした。

「うっ、ぐずっ…………ぱぱぁ…………」

「ごめん……ごめんなリリィ…………」

リリィの小さい身体を抱き締めながら、心の中には強烈な後悔が押し寄せる。

エスメラルダ先生に「リリィの魔力が出ないのはお前のせいだ」と言われたあの時。

「魔力が出た」と喜ぶリリィを抱き締めながら、俺は一体何を決意したんだ。

――――もう二度と娘を泣かせはしないと、誓ったのではなかったか。

「ぐずっ…………ぱぱっ…………だいじょーぶ…………？」

リリィが涙でぐしゃぐしゃになった顔で俺の表情を覗き込んでくる。

「…………大丈夫。ありがとなリリィ」

声が震えそうで、つい言葉が短くなってしまう。

情けなくて涙が出そうだった。ただただ悔しかった。

…………リリィは自分も不安でいっぱいに違いないのに、それを我慢して俺の心配をしているのだ。震える身体を必死に抑えつけて、自分は何ともないよと強がって、俺を安心させようとしているのだ。

娘にそんな事をさせてしまう親が果たしているだろうか。いる訳がない。父親に対してそんな事を思った事は、記憶を遡るまでもなく一度もない。

どうして俺はリリィに――――大切な娘に、こんな顔をさせてしまってるんだ。

噛み締めた奥歯が悲鳴をあげる。今すぐ自分をどうにかしてしまいたい。けれど今自分がすべきことはそんな下らない自傷行為ではない事くらいは、父親失格の俺にも辛うじて分かるのだった。

「…………」

顔を上げると、ボロボロになった店の中で立ち尽くすラディメリアの姿があった。呆然とした表情でこちらを向いてはいるが、俺達を見ているのかは分からない。

「…………」

身体を確かめながら立ち上がる。咄嗟に障壁で防いだ事が幸いしたのか、どうやら大きなダメージはないようだ。いくらラディメリアの魔力が相当なものだとはいえ、気絶してしまったのは本当に不覚と言わざるを得ない。

「……リリィ、少しの間だけ待っててくれるか？」

足にしがみついているリリィが、不安そうに俺を見上げる。目を合わせて頷いてみせると、ごしごしと涙を拭って名残惜しそうに手を放してくれた。

今度は絶対にその信頼を裏切ったりしない。

父親というものは、娘が見ている前では絶対に負けない生き物だから。

「あのドアを…………一体どうやって…………」

ラディメリアは虚ろな目で俺を捉えた。どうやらあのドアには特殊な加護が施されていたらしく、それを突破されたショックから抜け出せていないようで、すんなりと俺の接近を許してしまっている。

ドアの逆サイドまでぶち抜かれた部屋の惨状を見れば、リリィが一体どれだけの魔法を行使したのか想像がつく。リリィの潜在能力を知っている俺ですら、まだ目の前の出来事を信じられないくらいだった。

「わッ、私に近付くな！」

数メートルの距離まで近付いた所でラディメリアが叫びながら魔法陣を展開する。彼女の魔法陣には、やはりホロと同じ文様が刻まれていた。

いくら不意を突かれたとはいえ、俺は並の魔法で気を失うほどやわな鍛え方をしていない自信があった。あの時は簡易的とはいえ障壁も張っていたんだ。それを貫通して俺を吹き飛ばすほどの魔法を行使出来るのは、彼女の出自による所が大きいんだろう。

…………エルフの国の王族にのみ受け継がれている文様を持つエルフが、何故アンヘイムで帽子職人をやっているのか。普段なら気になる所だが今だけはどうでもよかった。

「来るなッ！」

深紅の魔法陣が、彼女の魔力を受けて輝き出す。

改めて見ても彼女の魔力は相当なものだった。それに耐えられるあの魔法陣もだ。果たして彼女に勝てる人間が帝都やゼニスに何人いるだろうか。

「お姉ちゃんを――――返せぇぇぇぇぇえっ!!!」

魔法陣が一際強い光を放つ。

現れたのは彼女の感情を象《かたど》ったような鋭い炎の槍。その穂先を一直線に俺に向けると、憎悪の槍は風切り音を置き去りにして空間を疾駆する。下手に距離を縮めてしまった今、状況は絶望的と言えた。

――避ける必要があれば、の話だが。

ラディメリアの放った渾身《こんしん》の炎槍は――俺に触れるや否や煙のように立ち消える。信じられない、というようにラディメリアが声を漏らした。

「え…………？」

――同質、同量、逆位相の魔力をぶつける事で魔法を消滅させるこの『対消滅』という技術は、高度な魔法の理解を必要とする。戦闘中にそれを行わんと願うなら、さらに思考の瞬発力も必要になる。相手の魔法を初見で完全に理解する事はまだ俺には出来ないが、今回は既に一度ラディメリアの魔法をその身に受けている。分析するには充分な体験だった。

つまるところ――

「――お前の攻撃はもう俺には届かない。一度目で俺を殺さなかった事がお前の敗因だ」

「ふざけるなッ…………！　『人間』なんかに…………私の魔法が防がれてたまるかッ!!」

一つ、二つ、三つ…………そこからは数えるのを止めた。まるで主を守るように、或《あ》いは主が自らを隠すように、大小様々な魔法陣がラディメリアの周りに現れる。王族である事を示す魔法陣で周囲を埋め尽くすラディメリアは、さながらエルフの兵士に守られる将軍のようでもあった。

「死ねぇえええええっ!!!!」

そこから放たれるのは、槍――ではなかった。

炎で出来た鋭い鎖。無数に展開された鋭利な触手が、俺を目掛けて空間を蹂躙《じゅうりん》していく。

「ぱぱっ！」

心配そうなリリィの声が、既に屋内と呼べそうにない部屋にこだまする。

ラディメリアの魔法は、既に俺を決死領域に引きずり込みつつあった。四方八方に散らばった無数の刃物は、さながら猛禽《もうきん》の爪。

ラディメリアの怒りの結晶が、獲物を刺し穿《うが》たんと今まさにその刀身を神速に預けた。ゆらんゆらんと揺蕩っていた鎖の部分が蜘蛛《くも》の糸のように後を引く。中心にいた俺は、その様子が何故かスローモーションに見えた。

「――――大丈夫だ、リリィ」

…………槍が刃になった所で、無数に増えた所で結果は変わらない。ラディメリアの魔法は、俺の皮膚を裂くすんでの所で音もなく消え去った。『対消滅』は高度な戦闘技術だが、身に付けてしまえばこれほど万能で強力なものはないんだ。

「なッ、なんなんだお前はッ!?　どうして私の魔法が消えるんだッ！」

自分の魔法が俺に全く通用しない事を悟ったラディメリアが叫ぶ。その表情には先程までの怒りではなく、恐怖や怯《おび》えが顔を覗かせていた。王族の魔法が強力である事を差し置いてもラディメリアは相当な使い手だ。魔法戦でここまで手も足も出ないなんて、こんな経験は今までないだろうな。

「うっ…………」

俺が一歩前に踏み進める度、ラディメリアは同じだけ後退していく。けれど無限に下がれる訳もなく、やがてラディメリアは部屋の壁に背中をつけた。俺はお構いなしに距離を詰めていく。

いつの間にか俺と彼女の距離は、その細い首を摑んで、壁に押し付けられるまでに縮まっていた。

俺は手を伸ばし、その百合《ゆり》のように細い首に手をかけ――――

「――――ホロスターシャに会いたいか？」

その名は、どうやら彼女にとって何よりの急所だったらしい。

ラディメリアは顔を上げ、希望と絶望がないまぜになった瞳で俺を捉えた。

◆

サイドカーを調達し魔法二輪車を三人乗り仕様にチューンアップした俺達は、二日ほど魔法二輪車を走らせ懐かしい景色に帰ってきた。この世で最も終わってる街が目の前に広がる。

「………………まさか、こんなすぐに帰ってくることになるとはな」

約一か月振りのゼニスは、驚くほど何も変わっていなかった。大通りでは奴隷商人が我が物顔で地べたに店を広げ、痩せ細った商品を乱雑に並べている。その他にも武器商人や盗品を専門に扱う流れの商人などが所狭しと店を広げ、時に衝突し合い、これぞゼニスと言わんばかりの賑わいを見せていた。俺がゼニスを去る際にホロは「ゼニスが荒れるんじゃないか」と心配していたが、どうやら杞憂《きゆう》に終わったようだ。

「な………………んだ………………この街は………………？」

ラディメリアが街の様子を見るなり呆然と立ち尽くす。俺にとっては普段と変わらないゼニスの日常も、普通の奴には異様に映るらしい。

「ここは悪人の街・ゼニス。この世のどんな地図にも載っていない幻の街だ。そして――ホロスターシャはここに住んでいる」

「なっ――」

俺の言葉にラディメリアは瞳を絶望に染めた。こんな終わってる街で、姉は一体どんな酷い目に遭っているのかと想像したんだろう。

「貴様ッ………早くお姉ちゃんに会わせろ！」

「はいはい、はぐれずに付いてこいよ」

慣れ親しんだ道を歩く。隣でリリィが嬉しそうにスキップし始めた。久しぶりにホロに会えるからテンションが高そうだ。

「ほろおねーちゃんにはやくあいたいなぁ」

「ロレットにも会っていくか？」

「うん！　りりーおさけのむ！」

「お酒飲むと魔女に誘拐されるぞー？」

「そだった………りりーじゅーすのむ………」

とてとてとリリィが走ってくると、ぎゅっと俺の手を握った。どうやら魔女が怖いらしい。このしつけは暫く有効そうだな。

「………」

そんな俺達のやり取りを、ラディメリアがじっと眺めていた。リリィの言う『ほろおねーちゃん』がホロスターシャの事だとは気付いているだろう。姉の無事を確信出来る何かを俺達の会話から必死に探しているのかもしれない。

「…………どうしたもんかな」

口の中で呟く。

もう少しでホロの店まで辿り着く。元気な姉の姿を見れば、きっとラディメリアは喜ぶだろう。何せ誘拐された姉との八年振りの再会なんだ。人間嫌いだって直るかもしれない。

けれど、俺にはどうもそれでハッピーエンドになるとは思えなかった。ホロは誘拐された訳ではなく、実際は自分の意思でエルフの国を出ていったからだ。

有り体に言えば——ホロはラディメリアを捨てて、自由を取った。そういう選択をした。ラディメリアはホロに対し単なる姉妹以上の親愛の情を抱いているようだったが…………恐らくそれは一方通行である可能性が高い。

そんな訳で、俺はラディメリアに真実を話すことはしていなかった。ラディメリアは俺がホロを無理やり連れ去ったのだと思っている。自分は姉に捨てられたのだと、知らないで済むのならそれに越したことはない。

勘違いが解けない事を祈りながら、俺は一か月振りにホロの店を訪れた。

カランカラン、と軽快なベルの音が俺達を出迎える。カウンターで暇そうに肘をついていたホロは、俺達に気付くと驚いた様子で声をあげた。

「いらっしゃ――――えっ、ヴァイス⁉　リリィちゃんも！　一体どうしたの――――」

「――――お姉ちゃん！」

ホロの声を遮って、ラディメリアが走り出す。思い切り胸に飛び込んでくるラディメリアを、ホロはびっくりした様子で受け止めた。

「え……………ラディメリアなの……………？　どうして……………？」

ホロは状況が理解出来ない様子で、目をぱちくりさせている。その間にも、ラディメリアはホロの胸を涙で濡《ぬ》らしていた。

「うっ……………ぐず……………っ、……………おねえ、ちゃん……………！」

そんなラディメリアを、ホロは戸惑いながらも優しい眼差しで受け止める。泣き虫の妹をあやすように、ゆっくりと背中を擦りだした。

「ちょっとラディメリア、一体どうしたのよもう……………ほら、泣かないで」

言いながら、視線で俺に「どういうこと？」と問いかけてくる。俺はそれをスルーし、訳も分からずきょろきょろするリリィの手を引いて店を後にした。今は二人きりにしてやった方がいいだろう。

ロレットの酒場で適当に時間を潰し戻ってくると、ラディメリアは落ち着きを取り戻していた。

俺の姿を認めると、申し訳なさそうに眉を下げる。

「お姉ちゃんから全部聞いたわ……………本当にごめんなさい。全部、私の勘違いだったのね……………」

そう言って頭を下げてくるラディメリアの後ろには、困ったように笑うホロの姿があった。残念だが、全部話してしまったんだな。

「いや…………構わないさ。あの状況では俺が無理やり連れて行ったようにしか見えないだろうしな。それに…………俺が協力しなければ、お前とホロが離れ離れになる事はなかったのは事実だ」

初対面のお姫様の誘拐を手伝おうという頭のおかしい奴が、俺以外にいるとは思えない。ホロがラディメリアより自由を選んだのは事実だが、直接の加害者はやはり俺ということになるんだろう。

しかしラディメリアは、自分が悪いと思っているようだった。八年前のホロが自分を置いて国を出ていった事を知ってしまった事も影響しているのかもしれない。アンヘイムで会った時とは別人のようにしおらしくなっていた。

「本当に酷いことをしてしまったわ…………勘違いして、人間を、あなたを憎んで。リリィちゃんにも怖い思いをさせてしまった」

「んー？」

名前を呼ばれたリリィがラディメリアを見る。その純真な眼差しには、不安や恐怖といったものは混じっていなかった。それを見てホロが笑う。

「ふふっ、リリィちゃん気にしてないみたいよ？」

「まあここで暮らしてたらな。大抵の事は気にならなくなる」

ゼニスでは、当たり前に人が死ぬ。街を歩けば常に何かしらの不幸や暴力が目に入る。そんな所で生活している奴らは、皆どこか壊れている。

俺も、ホロも…………そしてリリィも。

「まあ、お互い様って事でいいんじゃないか？　こうして一件落着した事だしさ」

真実を知ったラディメリアの心の内は俺には分からない。今は姉に再会した興奮が勝っているが、時間が経てば姉に捨てられたショックが彼女を襲うかもしれない。

だが…………それは俺には関係のない話。俺とホロ、そしてラディメリアの問題は、二人を再会させた時点で決着したと言っていいだろう。

「それにしても…………ラディメリアに会って、久しぶりにお前がお姫様だって事を思い出したよ」

何気なくホロに話しかけると、リリィがビクッと反応した。

「ほろおねーちゃん、おひめさまなの!?」

「実はそうなのよー？　今はこんなんだけどねー」

「おおお…………！」

リリィがホロに憧れの眼差しを向ける。ホロがしゃがんで手を広げると、リリィは思い切りホロに抱き着いて気持ちよさそうに目を細める。

…………リリィ、やっぱりホロに一番懐いてるなあ。ジークリンデの苦労はまだまだ続きそうだ。

「…………あの」

「ん？」

ゼニスイズムに置いてけぼりになっていたラディメリアが申し訳なさそうに声を掛けてくる。

「…………リリィちゃんの帽子、私に作らせては貰えないか。それくらいはさせて欲しいんだ」

「ああ――――」

本来の目的を思い出す。そういえば俺は、リリィの帽子を求めてアンヘイムにやって来たんだった。決して八年前に犯した失敗の後始末をしに来た訳じゃない。

ゼニスに来るのに時間を使ってしまった今、ラディメリアの申し出は渡りに船と言えた。

しかし――――

「いいのか？　俺は加害者である事は間違いないんだ。俺を恨むのは筋違いではないと思うぞ」

本心からそう思う。ラディメリアには俺を恨む資格がある。攻撃されたことも仕方ないと思っていた。

ラディメリアは静かに目を閉じ、首を振る。

「いや…………いいんだ。私はお姉ちゃんのことを何も分かっていなかった。お前のお陰で、やっと本当のお姉ちゃんと会えた気がするよ」

そう言うと、ラディメリアは踵を返し店から出ていった。ちらっと見えたその横顔は――――不思議とすっきりしていた気がした。

◆

帽子が完成したとの知らせを受け、俺達はラディメリアの店に向かった。

以前はその道程の大半を俺の背中で過ごしたリリィだったが、今回は帽子を前にして興奮しているのか自力で約一時間の山道を走破した。

「ついた！　りりーのぼーし！」

草原を走り店の中に突撃していくリリィの背中をまったりとした気持ちで眺めながら、遅れて店に入る。店の中では丁度ラディメリアがリリィに帽子を被せようとしている所だった。その優しい眼差しは、とても鬼の形相で俺達を襲ったあの時と同一人物とは思えない。きっとこれが彼女の本来の性格なんだろう。

「リリィちゃん、被ってごらん」

「う、うん………！」

ラディメリアから帽子を受け取ったリリィが、ごくりと喉を鳴らす。両手で抱えたつば広の帽子を――その小さい頭にゆっくりと載せた。

「わ………！」

興奮した様子で鏡の前に走り、声を漏らした。

「ふおおお………！」

「どうかな。サイズはぴったりだと思うけど」

リリィはラディメリアの声など聞こえていないようだった。目を輝かせて鏡に映る自分に見惚《みと》れている。

「いい感じじゃないか。流石は稀代の帽子職人」

後ろから声を掛けると、ラディメリアが振り向いて俺に視線を合わせる。見ているこっちが気持ちよくなってしまうような、晴れ晴れとした表情だ。

「ヴァイス。一応ローブに合わせてデザインしてみたんだけど、どうかな？」

「そうだな……………」

少し向こうで走り回っているリリィを眺める。ひと目見ただけで上質だと分かる漆黒の帽子は、まるで最初からセットだったと思ってしまうほどローブとマッチしていた。

「…………完璧な仕事だ。本当にありがとう、ラディメリア」

「それを聞いて安心したよ。これで罪滅ぼしが出来たかな」

俺の感想を聞いて、ラディメリアが満足そうに頷いた。負い目を感じなくていいと何度も言ったんだけどな。

それを伝えようとして――――止めた。わざわざ蒸し返すこともないだろう。ラディメリアはもう前を向いているみたいだったから。

俺はリリィに声を掛け、奥から呼び戻す。リリィはとてとてと走ってくると、俺の前で綺麗にターンした。

「じゃーん！　ぱぱ、どお？」

「よく似合ってるぞ、リリィ」

いつものように頭を撫でようとして――――帽子を被っているとそれが出来ない事に気が付く。行き先を見失った手を宙ぶらりんにしていると、リリィがその手を捕まえる。小さな手が、きゅっと俺の手を握ってきた。そっとその手を握り返すと、リリィが大輪の笑顔を咲かせた。

「気に入ってくれたようで良かった。ところで、アンヘイムにはどれくらいいるんだい？　いい魔法具屋を紹介出来るけど」

ラディメリアがそんな事を言ってくれる。とてもありがたい申し出だったが、俺は首を横に振った。

「実はこの後すぐ帰ろうと思ってるんだ。リリィの入学式まであまり日がなくてさ」

元々アンヘイムには三日ほど滞在する予定だった。今は大幅に予定をオーバーし、帝都を出発してから既に一週間が経過していた。ゼニスに寄ることになったのがデカかったな。ロレットのツマミ塩など収穫はあったが。

「それは残念。また来ることがあれば、その時は大通りを案内させてよ」

「その時は是非。ほらリリィ、おねーちゃんにバイバイして」

手を引いて合図すると、リリィは勢いよく頭を下げた。帽子が落ちてしまい、慌てて被り直す。

「らでぃめりあおねーちゃん、ぼーし、ありがとーございます！」

「どういたしまして。リリィちゃん、また遊びに来てね」

温かい視線を向けるラディメリアに、リリィが微笑み返す。

「よし、それじゃあ行くか」

最後にもう一度礼を言い、俺達はラディメリアの店を、そしてアンヘイムを後にした。

エピローグ　ヴァイス、繋いだ手のひら

My daughter was an unsold slave elf.

アンヘイムから帰ってきた翌日の晩。

杖とローブ、それと帽子を装備して上機嫌で踊っているリリィを眺めながらリビングでまったりしていると、当たり前のような顔をしてジークリンデが訪ねてきた。例によって仕事終わりの制服姿だ。

「一体何の用だ？」

用事などないと知っていながら俺は尋ねる。案の定「何となく寄っただけだ」といつもの答えが返ってきた。

「邪魔するぞ」

ジークリンデはそう言うと、勝手知ったる我が家のようにずんずんとリビングに進んでいく。ソファに座ると、リラックスした様子で息をついた。

「ふう…………やはり落ち着くな、ここは」

「んー？」

落ち着かれても困るんだが。持ち主は魔法省かもしれないが、一応俺の家だからなここ。

ジークリンデに気付いたリリィが、不思議な踊りを中断してこちらに寄ってきた。

「じーくりんでおねーちゃん、こんばんは」

「ああ、えっと…………こ、こんばんは、リリィちゃん」

落ち着きとは対極にあるような下手な笑顔を浮かべるジークリンデを見て、俺は呆れる。

こいつ…………本当に子供の相手が下手だ。ホロやラディメリアを見た後だと余計そう思う。こいつは本当にリリィの母親になれるんだろうか。どうイメージを膨らませても、ジークリンデとリリィが仲良く歩いている所が想像出来なかった。

…………いやまあ、こいつにも優しい所はあるんだ。よく見れば可愛げのある性格してるしな。

母親には絶対になれない、とまでは思わない。ただ、なんというか…………こいつの可愛い部分は非常に分かりにくいのが欠点だな。それを分かりやすい形で表に出していくことが、ジークリンデ母親計画を引き受けた俺の今後の課題かもしれない。

「きゅー！」

「ん？」

足元を見ると、リビングの騒がしさを聞きつけたくまたんが俺の足に身体を擦りつけていた。これはソファの上に登りたい合図だ。首根っこを掴んでソファに乗せてやると、怖いもの知らずなくまたんはなんとジークリンデの方に歩き始めた。どうやらカヤとの共同生活で大分鍛えられたらしい。言われてみれば、カヤに預ける前より目付きがキリッとしているような気もする。

「きゅー」

くまたんはジークリンデの膝の上で丸くなった。あれは完全に寝るパターンだ。分厚い魔法省の制服は寝心地が良いのかもしれないな。

「お、おい…………ゔぁ、ヴァイス、何とかしてくれっ」

ジークリンデは小動物が苦手なのか、金縛りにあったように固まっていた。自分の膝の上で眠り始めたくまたんをどうしていいか分からず、手だけがあたふたとくまたんの周りで泳いでいる。

困っているのが面白いので暫く様子を見守る事にしよう。

「ジークリンデ、お前懐かれてるな。試しに撫でてみたらどうだ？」

「撫でっ…………私が…………？」

ジークリンデはおっかなびっくりといった様子で視線をくまたんに落とす。コロコロと表情を変えながら、両手をゆっくりと近付けては離し近付けては離し…………結局触れない。どうしてそんな時価十億ゼニーは下らない宝石でも触るような手付きなんだ。見ているこっちがやきもきしてくるな。

「ったく…………ほれ」

「ひゃうッ!?」

俺はジークリンデの隣に座ると、ジークリンデの手を摑んでくまたんに優しく押し付けた。ジークリンデの細い指越しに、くまたんの柔らかい体毛が俺の手をくすぐる。

「ぁ…………ぁ…………」

「なんて声出してんだお前…………」

乙女のような声をあげ身体を強張らせるジークリンデ。極度の緊張か首を亀のように縮こまらせて、肩は限界まで上がっている。顔を見れば湯気でも出そうなほど真っ赤になっていた。

「まさかそこまで魔物が苦手とはな」

学生時代は全然そんなイメージなかったんだけどな。課外活動でペアを組み魔物を討伐した記憶もあるが、その時は躊躇なく魔法をぶっ放していた気がするんだよな。まあ討伐するのと触るのとではまた別物ということか。

「よしよし、お前はこっちで寝ような」

俺はジークリンデの手を離し、くまたんを自分の膝の上に移動させた。ジークリンデの真っ赤な顔が少しずつ平常に戻っていく。

「はあ……はあ……お、お前な……！」

「いや、悪かったって。まさかそこまで嫌がるとは思ってなかったんだよ」

「や、別に……嫌という訳では……しかし、心の準備がだな……」

ジークリンデが小声で何かを呟くが聞き取れない。聞き返すと、ジークリンデはわざとらしく咳《せき》払《ばら》いをして口を開いた。

「……ところで、アンヘイムはどうだったんだ？　今日はそれを聞きに来たんだった」

「ああ――色々凄かったぞ。なあ、リリィ」

「あんへーむ、きらきらいっぱいだった！　えっとね、おみせがね――」

リリィは両手を広げて、街中のキラキラ具合をジークリンデに説明し始める。残念ながらジークリンデはリリィの話があまり理解出来なかったようで、難しい顔をしていた。

「とにかくな、魔石が凄いんだよ。街中が帝都の商業通りを更に派手にした感じっていうかさ。店では帝都の数分の一の値段で同じクオリティの魔石が手に入るんだ。向こうで仕入れてこっちで売るだけでボロ儲けだろうな」

「なるほど……それは凄いな」

カヤにこの話を教えたら、今すぐにでもエルフと結婚しようとするだろう。そして絶対ろくなことにならない。カヤにアンヘイムの話は禁句だな。

その後も俺とリリィで土産話をジークリンデに聞かせていると、リリィが眠そうに目を擦り始めた。時計を確認すると午後九時。いつもならそろそろ寝る時間だ。

明日は待ちに待った入学式だし、そろそろ寝かせた方がいいか――そう考えていると、リリィが眠そうにしているのに気が付いたのかジークリンデがソファから立ち上がった。

「そろそろ帰る。悪かったな、長居してしまって」

「いや、こっちも楽しかったよ。またいつでも来てくれ」

言いながら、玄関まで連れ立って歩く。靴を履いた所でジークリンデがああ、と口を開いた。

「明日は入学式だろう。寝坊するんじゃないぞ」

「分かってるって。流石に娘の晴れ舞台に寝坊するほどのんびりしちゃいないさ」

「それならいいが。では、またな」

軽口を残して、ジークリンデはドアの向こうに消えていった。

「…………俺も今日は早めに寝とくか」

俺はリビングに戻ると、ソファで寝落ちしかけていたリリィを連れて洗面台に向かった。

◆

ついに入学式の日がやってきた。

忘れ物がないことを何度も確認した俺とリリィは、玄関のドアを開け――――た所で思わず足を止める。

何故かそこには魔法省の制服に身を包んだジークリンデと、ラフな普段着のカヤが待っていた。

「遅かったな。もうあまり時間がないぞ」

「ねえ早く行きましょ？　私もう腹ペコよ」

同時に口を開く二人。

「…………は？」

状況が理解出来ない。どうして入学式に何の関係もない二人が家の外で待っている？

困惑する俺をよそに、カヤはリリィの周りをうろうろしだした。ジークリンデはまだ百歩譲って分からなくもないが、こいつは本当に何でいるんだ？

「かやおねーちゃんもくるの？」

「勿論。私が入手した情報によると、どうやら入学式でご馳走《ちそう》が出るらしいのよ。これを逃す手はないわ」

カヤとリリィは楽しそうに話し出す。

理由は分からないが、リリィはいつの間にかカヤに懐いていた。この前皆でパンケーキを食べに行った時も、リリィが最後に食べようと取っていたフルーツをカヤが横取りしてしまい、リリィがお返しとばかりにカヤのパンケーキを食べ、二人は本気で喧嘩していた。喧嘩が出来るということは仲が良いということだ。

魔法学校に入れば友達が出来ると期待していたが、リリィの初めての友達はもしかするとカヤなのかもしれない。非常に残念な事に。

カヤは物珍しそうな顔でリリィのローブに目を向ける。

「それにしてもリリィ、随分おめかししてるわねー。ピカピカじゃないこのローブ」

お気に入りのローブを褒められ、リリィは誇らしげに胸を反らした。胸の所についているクリスタル・ドラゴンの結晶をちょこんとつまむ。

「このきらきら、りりーすきなんだー」

「何これ宝石!? ちょっとアンタお姫様みたいじゃないの」

「えへへ、りりーおひめさま…………」

「いーなーお姫様。はあ……私も毎日働かずに美味しいもの食べて生活したいわ。この前の十万ゼニーはもうなくなっちゃったし」

仲良さそうに話す二人。

「…………」

それをジークリンデが難しい表情で観察していた。日々リリィと仲良くなろうと試行錯誤しているジークリンデの事だ、カヤから何かヒントを得ようとしているのかもしれない。

……あれは恐らく精神年齢が同レベルなだけだから、ジークリンデにはどうしようもないと思うがな。年齢も俺達に比べれば近いし、リリィにとっては歳の離れた姉みたいな感じなのかもしれない。

ジークリンデが最初に言ったように、入学式まではもうそんなに時間がなかった。俺達は誰からともなく魔法学校へ歩き出す。カヤとリリィがうろちょろしながら歩いている背中を眺めながら、俺は隣を歩くジークリンデに声を掛けた。

「何でうちに来たんだ？」

魔法学校の入学式は盛大に行われる。魔法省の制服を着ていることから、魔法省高官のジークリンデにも挨拶などの仕事がある事が予想出来るが……それなら直接魔法学校へ行けばいい。色々事前の段取りもあるだろうし、こんなギリギリの時間まで俺を待っている暇はないはずだ。

ジークリンデはごにょごにょと何事かを言い淀《いよど》みながらも、ポツリと言葉を漏らした。

「……約束を覚えているか」

「約束？　仕事を手伝うってやつか？」

「……私が、母親になる協力をするというやつだ」

「そっちか。覚えているがそれがどうした？」

ジークリンデ母親計画は、今の所俺の協力どうこう以前で躓いている印象だ。リリィもジークリンデのことは嫌いではないだろうが、ママと呼べるほど懐いているかと言われれば全くもって否だろう。

俺も父親としては大概失格かもしれないが、ジークリンデは俺以上に母親というものを分かってなさそうだ。まずはお互いその辺りを勉強していく必要があるのかもしれないな……そんな事を考えていると、ジークリンデがとんでもない事を言い出した。

「頼む——今日の入学式、私をリリィの母親役にしてくれないだろうか」

こういう事は兎《と》にも角《かく》にも本人に相談するに限る。

ジークリンデが母親代わりに並んでもいいかをリリィに訊いてみると、何故かカヤが文句を言い出した。

「ズルい！　私もそれ狙ってたのに！」

「黙れ」

「ヒッ…………」

ジークリンデに睨まれ一瞬で静かになるカヤ。どうやらカヤはリリィの母親枠で入学式後の食事会に潜入する作戦だったらしい。流石にそれは年齢的に無理だと思うが。

「なあリリィ、どうだ？　嫌なら嫌ではっきり言っていいからな」

「んー…………」

リリィはジークリンデをじーっと見つめて考え込んでいる。

……………これぱっかりはどう転ぶか全く予想がつかないな。ジークリンデの緊張した表情のせいでこっちまで緊張しそうになる。私はどうすればいいのよ、と叫ぶカヤの声だけが俺達の間に流れていた。

「…………いや、じゃないかも」

「本当か!?」

「わっ、びっくりした」

ジークリンデがリリィに詰め寄る。そういう所だぞ。

「いいのか？　これが母親で」

水色髪のエルフに、魔法省長官補佐の母親。

めちゃくちゃ目立つ気がするな。変な噂とか立たなければいいが。

「きょうはじーくりんでおねーちゃんがりりーのまま？」

「ああ…………ああ、そうだ。リリィちゃん、よろしく頼む」

律儀に頭を下げるジークリンデをじっと見ていたリリィは…………すっと手を伸ばすとジークリンデの手を握った。

「ん」

「な、何だっ!?」

突然のスキンシップにジークリンデは固まった。くまたんの時といい、あまり他の生き物との接触に慣れていないのかもしれない。

リリィとジークリンデが手を繋いでいる光景は正直かなり違和感があったが、そのうちこれが普通になればいいなとも思う。

「ぱぱもおててつなぐ」

「ん？　いいぞ」

リリィの空いている方の手を取ると、リリィは両手に繋いだ俺とジークリンデの手を支えにしてぶらぶらと揺れ始めた。

「きょーはにゅうがくしきーりりーまほーつかいになるー♪」

リリィに引っ張られるように俺達は歩き出す。

ふと気になってジークリンデの方を見てみると、ジークリンデは気味の悪い笑みを浮かべていた。

あれは笑顔のつもりなんだろうか。

「………………悪くないな、こういうのも」

母親が少し挙動不審気味ではあるものの、こうして手を繋いで歩く俺達は傍《はた》から見れば本当の親子のようにしか見えないだろう。リリィを拾う前の俺からすれば考えられない状況だ。

「ちょっと待ちなさいよアンタ達！　私はどうすればいいのよー!?」

「お前は魔法省の関係者ということにしておいてやるから静かにしろ」

「ホントッ!?　さっすがジークリンデ様！　神！」

――一年前、リリィを拾ったあの時の事をもう遠い昔のように感じる。

未だに父親というものが何なのか分からないこんな俺が、リリィを拾ってしまって良かったのか、それは分からない。

本当は同じエルフの方が良かったんじゃないか、とか。

本当の両親を探すべきなんじゃないか、とか。

そういう事を、全く考えないといえば嘘になる。

だが――

「――リリィ、学校楽しみか？」

「うん！　りりー、おともだちたくさんつくる！」

「リリィならすぐに人気者になれるさ」

今はただ――繋いだ手のひらの小さな温もりを精一杯大切にしようと、そう思うんだ。

あとがき

沢山の作品のなか、この本を手に取って頂きありがとうございます。

遥透子《はるかとうこ》と申します。本作がデビュー作でございます。


主に『カクヨム』というサイトで連載していた本作ですが、電撃の新文芸さんに声をかけて頂き、書籍化の運びとなりました。本当に感謝しています。

という事情の為《ため》、初めましての方が殆《ほとん》どかと思いますが、もしかしたら「連載も読んでたよ！」という方もいらっしゃるかもしれません。連載版からは一部内容が変わっているので、まさかあのキャラとあのキャラが!?　と驚いて頂けていたら私も嬉《うれ》しいです。初めての改稿、頑張った甲斐《かい》があるというものです。


本作について話す前に、私自身の事について少し書こうと思います。

今から約一年半前――２０２１年の夏、当時システムエンジニアだった私は『映画大好きポンポさん』という映画を観《み》て思い立ちました。

――小説を書こう、と。

善は急げ、思い立ったが吉日。早速その日の晩から執筆活動を開始した私は、なんと秋になる頃にはシナリオの仕事が貰《もら》えるようになっていました。当時書いていたラブコメが、運良くランキング一桁に載った事がきっかけでした。

秋、冬とシナリオの仕事と本業のSEをこなしていると、2022年の春になりました。

――私はSEを辞めました。これからはシナリオを書いて生きていくぞ！　そう思った訳です。善は急げ、超特急で辞めました。

さて、ニートになったので沢山の時間が生まれました。ラブコメを書くのが得意だと自覚していた私は新しくラブコメ作品を書き始めました。五月の事です。

ありがたい事にその作品もランキング一桁に載り、調子づいた私は思いました。

――ファンタジーも書いてみよう、と。

そうして生まれたのがこの『売れ残りエルフ』です。六月の事でした。

まともにファンタジーを書くのは殆ど初めての事だったので、ランキングを見た私は目を疑いました。

――なんと一位になっているのです。

思いつくまま気の向くままに勢いで執筆していたので、これには本当に驚きました。足元がふらふらしたのを覚えています。怖いくらいでした。

そんな感じであたふたしていると『カクヨム』の運営さんから「この作品について重要なお知ら

せがあるよ！」みたいなメッセージが届きました。不安になった私は思いました。

――――一部表現がアウトだったか…………と。

序盤のゼニスの所で子供が殴られて悲しい事になるシーンがあるのですが、あそこがレーティング的な物に違反したんだと思いました。元々「大丈夫かな…………？」と気になってはいたのです。違反七割、書籍化三割くらいの覚悟で恐る恐るメッセージを開くと、結果は後者でした。物凄《ものすご》くホッとしたのを覚えています。そんな感じで『売れ残りエルフ』は書籍化が決まりました。

それからは書籍化作業に追われる毎日でした。五月にスタートしたラブコメの方も書籍化が決まっていたので、ダブル書籍化作業です。この頃、私は忙しすぎてしばしば口から6000万度の火を吹き、その余熱で焼き芋を食べる毎日でした。（これについては、出版時期を調整して下さるという電撃の新文芸様からのありがたい提案に『ニートなので多分大丈夫です！』と答えた私に全ての責任があります）
そんなこんなで初の書籍化作業に挑んだ私ですが、案の定分からないことだらけ。まるで赤ん坊です。おぎゃーです。担当編集Mさんには多くの迷惑と苦労をお掛け致しました。これからはちゃんと締め切りを守れる人間になります。Mさんの優しさに甘えていてはいけないと自戒しつつ、今焼き芋を食べています。あとがきの締め切りまであと何時間残っているでしょうか…………時計を見るのが怖いです。

――本作の中身について話す余白がなくなったので、最後にお知らせとお礼を。

書籍の帯にも書いてあると思いますが、ありがたい事に本作はコミカライズも決定しております。

私自身、漫画という形で動くヴァイスやリリィ、ジークリンデ、そしてカヤに今からワクワクしています。是非そちらも楽しみにして頂ければ嬉しいです！

電撃の新文芸編集部の皆様、校閲さん、その他本作の為に動いて下さっている皆様。

ぼんやりとしたイメージしか出せなかったにも関わらず、素敵なキャラデザとイラストを描いて下さった松うに先生。（頂いたラフを頻繁に見返してニヤニヤしています）

コミカライズを担当して下さるヤングチャンピオン編集部の皆様、澤村明先生。

そして、新米作家の私を手厚くサポートして下さった担当Mさん。（あとがきの締め切り、何とか間に合いました。今から送ります）

最後に、この本を手に取って下さった読者の皆様。連載から応援して下さっている皆様。

本当にありがとうございます。これからも、どうぞよろしくお願い致します。

それでは、次巻でまたお会い出来ることを祈っております。

………あと、ジークリンデの恋が実ることも祈ってます。頑張れ、負けるな、ジークリンデ。

遥　透子

電撃の新文芸

売《う》れ残《のこ》りの奴《ど》隷《れい》エルフを拾《ひろ》ったので、娘《むすめ》にすることにした

著者／遥《はるか》 透《とう》子《こ》
イラスト／松《まつ》うに

2023年2月17日　初版発行

発行者／山下直久
発行／株式会社ＫＡＤＯＫＡＷＡ
〒102-8177　東京都千代田区富士見2-13-3
0570-002-301（ナビダイヤル）
印刷／図書印刷株式会社
製本／図書印刷株式会社

【初出】
本書は、カクヨムに掲載された『絶滅したはずの希少種エルフが奴隷として売られていたので、娘にすることにした。』を加筆、訂正したものです。

ISBN978-4-04-914753-7　C0093　Printed in Japan

ファンレターあて先
〒102-8177
東京都千代田区富士見2-13-3
電撃の新文芸編集部
「遥 透子先生」係
「松うに先生」係

チュートリアルが始まる前に
ボスキャラ達を破滅させない為に俺ができる幾つかの事

著／髙橋炬燵
イラスト／カカオ・ランタン

**この世界のボスを“攻略”し、
あらゆる理不尽を「攻略」せよ!**

目が覚めると、男は大作RPG『精霊大戦ダンジョンマギア』の世界に転生していた。しかし、転生したのは能力は控えめ、性能はポンコツ、口癖はヒャッハー……チュートリアルで必ず死ぬ運命にある、クソ雑魚底辺ボスだった! もちろん、自分はそう遠くない未来にデッドエンド。さらには、最愛の姉まで病で死ぬ運命にあることを知った男は——。

「この世界の理不尽なお約束なんて全部まとめてブッ潰してやる」

男は、持ち前の膨大なゲーム知識を活かし、正史への反逆を決意する! 『第7回カクヨムWeb小説コンテスト』異世界ファンタジー部門大賞》受賞作!

Unnamed Memory Ⅰ

青き月の魔女と呪われし王

著／古宮九時
イラスト／chibi

読者を熱狂させ続ける
伝説的webノベル、
ついに待望の書籍化!

「俺の望みはお前を妻にして、子を産んでもらうことだ」
「受け付けられません！」
　永い時を生き、絶大な力で災厄を呼ぶ異端——魔女。強国ファルサスの王太子・オスカーは、幼い頃に受けた『子孫を残せない呪い』を解呪するため、世界最強と名高い魔女・ティナーシャのもとを訪れる。“魔女の塔”の試練を乗り越えて契約者となったオスカーだが、彼が望んだのはティナーシャを妻として迎えることで……。

電撃の新文芸